DU MÊME AUTEUR

LE GRENIER, roman, Éditions Anne Carrière, 2000.

JE PRENDS RACINE, roman, Éditions Anne Carrière, 2001.

LA REINE CLAUDE, roman, Éditions Stock, 2002.

POURQUOI TU M'AIMES PAS ?, roman, Éditions Fayard, 2003.

VOUS PARLER D'ELLE, roman, Éditions Fayard, 2004.

INSECTE, nouvelles, Éditions Fayard, 2006.

ON N'EMPÊCHE PAS UN PETIT CŒUR D'AIMER, nouvelles, Éditions Fayard, 2007.

DESSOUS C'EST L'ENFER, roman, Éditions Fayard, 2008.

LES CRIS, roman, Éditions Fayard, 2010.

LES BULLES, nouvelles, Éditions Fayard, 2010.

LES MERVEILLES, roman, Éditions Grasset, 2012.

LES COUPLETS, nouvelles, Éditions Grasset, 2013.

EUX, roman, Éditions de L'Olivier, 2014.

LES PÊCHERS, roman, Éditions de L'Olivier, 2015.

LES MESSIEURS, nouvelles, Éditions de L'Olivier, 2016.

REBELLES, UN PEU, nouvelles, Éditions de L'Olivier, 2017.

MA GRANDE, roman, Éditions Gallimard, 2018.

Romans jeunesse

TOUS LES MATINS DEPUIS HIER, L'École des Loisirs, 2013.

UN MAILLOT DE BAIN UNE PIÈCE AVEC DES PASTÈQUES ET DES ANANAS, L'École des Loisirs, 2014.

TU ES MIGNON PARCE QUE TU ES UN PEU NUL, L'École des Loisirs, 2014.

CUCU, L'École des Loisirs, 2015.

Y A-T-IL QUELQU'UN DANS CASIMIR ?, L'École des Loisirs, 2016.

LES PIQÛRES D'ABEILLE, Flammarion Jeunesse, 2017.

PROXIMA DU CENTAURE, Flammarion Jeunesse, 2018.

MISS CRAMPON, Flammarion Jeunesse, 2019.

RIVER, Gallimard Jeunesse, 2019.

MARCHE BLANCHE

CLAIRE CASTILLON

MARCHE BLANCHE

roman

nrf

GALLIMARD

I

Prends-moi par les cordes ! Encore maman, allez ! Vas-y maman, n'arrête pas, je veux aller plus haut, pousse-moi mieux, continue, envoie-moi dans les nuages !

Aux Rousses, on a perdu une petite fille mais on a gagné un reporter poète qui commémore depuis dix ans sa disparition. À lire Michel Florent, *Dans la région, le climat impose la géographie de l'histoire.* Je traduis : ici impressionne, ici rebute. Il y a tant de brume. Les destins manquent de lumière pour fleurir, alors ils se fracassent. Ça ne gêne personne de s'appuyer sur la météo pour expliquer les drames. Pourtant, les gens continuent à s'installer aux Rousses. La preuve, une maison se libère en face de chez nous et aussitôt une famille débarque.

Le camion de déménagement est immatriculé dans les Ardennes mais nos nouveaux voisins viennent peut-être d'ailleurs. On va leur demander, les inviter. C'est fatigant d'emménager, ça leur fera du bien de se sentir accueillis, dès ce soir. On ne va pas faire comme avec les précédents qu'on n'a pas vraiment essayé de connaître. Nous, c'est différent, on nous connaît déjà, sans avoir à nous parler. Ceux-là sont une chance. On ne sait rien de leur passé. Si ça se trouve, ils quittent une vie compliquée. Ou l'inverse. Et dans ce cas, quand on arrive ici, il faut un temps d'adaptation. Le gris, le verglas, les distances. Ça recommence chaque année avec les intempéries. Carl a pris l'habitude, lui aussi, de fabriquer des gens malheureux tout autour de nous pour que je me sente moins seule. Il me détaille des existences désespérées, perturbées par la météo, qui n'existent pas. Il espère que je m'intéresse à ceux qui les vivent.

Lorsque Athos a entendu les déménageurs arriver, il a flairé sous la porte puis il est parti se recoucher sous l'escalier. Il a soupiré plus fort que d'habitude et je me suis approchée de lui. La mousse est revenue sous ses crocs. « Pyorrhée », préciserait Inès, la sœur de Carl, qui aime les mots croisés. Il faut que je lui brosse les dents. L'œil vitreux obstinément loin, Athos est toujours gentil quand je le fais. Je le soigne. Je l'appelle « Mon garçon ». Carl se tait. Quand on se carapate sous l'escalier, Athos et moi, il nous laisse faire. Même quand je dors avec lui, il laisse. Avec le temps, il est devenu patient.

Ce sont peut-être des musiciens. J'ai vu descendre du camion une guitare, un piano, un instrument à cordes dont je cherche le nom. Je n'ai pas encore trouvé le bon. C'est comme une cithare mais avec un manche. Je ne dis rien à Carl pour la musique. Rien non plus sur la coiffeuse sixties blanche avec un tabouret en peau de bête fuchsia. Il risque de croire que je recommence à déduire. C'est mauvais signe chez moi. Ou à aimer les futilités, ce qui serait plutôt le signe d'un mieux. Il penserait qu'on va enfin s'en sortir, moi en tête, et pas d'une marche blanche pour une fois. Si les voisins étaient vraiment musiciens, ils emballeraient leurs instruments et le piano ne serait pas droit. Ce sont des amateurs. C'est bien de la déduction. C'est toujours de la cascade.

J'ai parlé des grosses roues du camion de déménagement pour dire quelque chose à Carl. Mon silence est trop lourd. Il faudrait que je parvienne peu à peu à le remplacer par des paroles. Un jour, je me rendrai compte que le bruit d'une conversation me distrait. Je lui trouverai du sens. Petit à petit, je m'intéresserai à quelque chose. Je dois juste accepter que le chagrin ne soit pas mon seul lien à Hortense. Dernière phrase clef d'Inès, qui aime méditer et m'inviter à l'imiter.

C'est un assez jeune couple qui s'installe, m'a dit Muriel, qui regrette la maison d'en face. Elle la voulait pour son fils et sa copine mais ils n'ont actuellement qu'un seul salaire. Alors ils vont rester encore quelques mois chez elle, un peu plus bas dans l'allée. Leur bébé naîtra là. Les nouveaux ne sont pas de la région, ils viennent de beaucoup plus loin. C'est sûr. La femme porte un duffle-coat clair. C'est Muriel qui l'a vue. Moi, non. Je n'étais pas là quand elle a choisi sa teinte de bleu. Je travaillais. J'ai repris à mi-temps, à la Poste cette fois. Il paraît que la femme est sortie dans son jardin pour étudier le nuancier. Du coup, Muriel pense qu'elle veut repeindre la façade. Athos souffle doucement, la tête sur mes jambes.

De chez moi, grâce à leurs larges fenêtres, je vois presque toutes leurs pièces. Blanches avec des taches bleues parfois. Si on partait en Grèce début juin ? m'a proposé Carl. J'ai dit Ah, j'ai dit peut-être, j'ai dit oui, pourquoi pas. La

Grèce, la Corse, la Zambie, Iguaçu. Il cherche l'eau la plus limpide pour me débarrasser du voile noir. Mais on ne part jamais. On n'est pas fous.

Leur Captur grise est arrivée quand les déménageurs allaient partir. Ils sont redescendus du camion puis ils sont rentrés tous ensemble dans la maison. La femme a sorti une enveloppe de son sac. J'ai regardé dans l'évier quand j'ai croisé le regard de l'homme derrière leur baie vitrée. J'ai vite baissé le store vénitien de ma fenêtre. Je n'épie pas, je promène mes yeux. J'ai entendu des enfants parler, puis le camion partir. Je me suis baissée pour caresser Athos. J'ai pensé aux camions précédents qui avaient vidé la maison du couple précédent. Il y avait deux camions. Odile, en larmes, avait descendu quatre chaises, dès le matin, afin de garder de la place pour se garer le long du trottoir, comme en pleine ville. Et Vincent, encore à l'étage, jetait de temps en temps un œil par la fenêtre, pas vers sa femme, assise sur une chaise dans le caniveau, mais vers les montagnes. Leurs deux camions ne sont pas partis dans la même direction. Odile et Vincent n'ont même pas eu l'idée de bouger la charrette qu'ils avaient installée en guise de table dans leur jardin pour leur buffet de mariage. Elle est toujours là. Hortense s'était cogné la tête en se cachant dessous. Elle avait pleuré peu de temps. Vincent l'avait consolée avec un Orangina. Les autres enfants étaient venus la chercher pour jouer avec eux. Elle avait trois ans et demi, une robe d'été rose pâle sans manches, une barrette avec une fleur et des sandales.

Hier, 23 janvier, la marche blanche a eu lieu. Cent quatre-vingt-huit personnes, parents inclus, et Buzin, toujours vaillant, quelques cheveux en moins, dix ans après. Carl était content. Il y avait plus de cinq mille personnes à la première mais la baisse de mobilisation d'année en année ne semble pas l'affecter, il surmonte. Les gens ne sont pas là, mais ils pensent toujours à Hortense. Elle m'habite, elle brille en moi, me dit Carl, qui m'inonde de sa lumière. Si on s'éteint, si on se laisse anéantir, elle disparaît une deuxième fois. Il m'incite à penser comme lui. Faire bien est sa promesse. Mieux vaut tard que jamais. Pour la télévision, c'est Carl qui s'est exprimé, mais ils ont collé sur sa voix une image fixe, de nous deux, il y a dix ans. J'avais déjà ma parka rose. C'est choquant sur la photo.

Le cortège portait la photo d'Hortense. La gendarmerie a réalisé le portrait-robot de son visage d'aujourd'hui. Elle a quatorze ans, les cheveux longs et légèrement bouclés, les mâchoires plus larges, un nez différent. Ils ont écarté ses yeux. Le résultat me semble aussi bizarre que son autoportrait qu'elle avait dessiné en dernière année de haltegarderie, avec un cercle pour le contour de la tête, et puis le nez, la bouche, les yeux, une seule oreille, en vrac autour du rond. On l'avait d'abord encadré et accroché au salon, puis dans notre chambre. Après l'enlèvement, on l'a posé puis caché dans la chambre d'Hortense. Carl ne voulait plus que je dise que son visage ressemblait sûrement à ça. Un ovale vide, le nez, les yeux, les organes éparpillés.

Quand je ne cherche pas le nom d'instruments qui me sont inconnus, instruments de musique et non de torture puisque Carl a mis mon ordinateur sous contrôle parental, je cherche des témoignages de mères d'enfants disparus. Elles veulent savoir la vérité, arrêter d'imaginer, comprendre. Elles sentent que quelqu'un cache forcément quelque chose. Dans une ville, même de taille modeste, on ne disparaît pas comme ça. J'ai bien appris ma leçon. Le temps a beau passer, à tout moment un témoin peut ressurgir. Des gens ont peur de parler alors qu'ils n'ont rien à se reprocher directement. La lutte que mène Carl vise à toucher ceux dont la mémoire reviendrait. Il faut empêcher que l'enquête s'assoupisse. Après la disparition de leur enfant, certaines mères déménagent, refondent une famille. Carl l'a souvent évoqué, comme la Grèce, en sachant qu'on n'irait jamais.

Hortense a disparu le 23 janvier 2008 à 16 h 20. Après l'école, nous sommes allées chez le dentiste, à Omble. Il n'y a pas de dentiste aux Rousses, c'est trop petit. Comme c'était mercredi, on a décidé d'y passer tout l'après-midi. Très en avance, on a garé la voiture, et on est entrées dans le parc pour déjeuner. Nous étions seules. J'avais prévu un pique-nique mais les bancs étaient gelés alors on a mangé debout. Après, Hortense a grimpé dans l'araignée, puis elle s'est cachée derrière le toboggan. Elle ne m'a pas demandé la permission de descendre au deuxième niveau du jardin, celui du bac à sable. Je l'y ai retrouvée. Je lui ai répété de toujours me prévenir et de ne jamais partir loin de moi. Elle a levé ses yeux, pas au ciel, vers les miens, pour vérifier que la fâcherie était finie. J'ai baissé mon regard vers ses pieds. Chaussures lacées, nœuds à oreille, poulain vert, taille 28. Plus tard, j'ai proposé un cache-cache. Je ferme les yeux, Hortense, je compte jusqu'à 30. Toi, tu vas te cacher. Tu ne dépasses pas l'enceinte du jardin des tout-petits, tu ne remontes pas vers l'araignée, tu restes autour du bac à sable. J'ai compté. Elle est partie se cacher. J'ai rouvert les yeux au bout de 27, parce que j'ai eu comme une prémonition. Je tremblais. Elle n'était nulle part. J'ai cru la voir sur la balançoire. Je me suis approchée de la balançoire qui allait, venait, mais dessus, il n'y avait plus personne qui criait, « maman, prends-moi par les cordes ! ». Je regardais ailleurs, partout en même temps, les portes, les entrées, les sorties, les va-et-vient, Vous l'avez vue ? Une petite fille qui se balançait ? À l'instant ?

Trente secondes ?

Le parc était presque vide.

Un enfant avec un bonnet péruvien à pompon jaune m'a répondu oui, doudoune rouge. Je crois. Elle donnait la main.

À qui ? Elles étaient comment ses chaussures ?

On a cru que c'était son papa qui se fâchait parce qu'elle disait maman.

Elles étaient comment ses chaussures ?

Il a peut-être dit qu'elle serait punie à la maison si elle la bouclait pas, on a cru que c'était son papa.

Elles étaient comment ses chaussures ?

Emportée sous le bras d'un homme. La main sur sa bouche. Les pieds qui battaient dans l'air. Elle avait un bonnet doux qui est tombé pendant que le papa passait le portillon et se mettait à courir. Parce qu'il était énervé.

Elles étaient comment ses chaussures ?

Petites. Elles marchaient très vite. Pour suivre le papa qui l'avait reposée, lui tirait le bras et disait Viens ma grande, ta maman t'attend dans une voiture à trois chevaux. Avec un gros paquet de bonbons. Des Barbie sirènes. Et des bébés chats. Oui, en poulain vert. Peut-être.

II

C'est le soir. Dans *L'Écho du Mont-gris,* Michel Florent, toujours sous *Four Roses,* écrirait *un soir d'encre précédant une nuit de ténèbres.* Il évoquerait l'ombre des arbres. Leurs branches *comme des attrape-cauchemars.* Dans son article, on entendrait le son d'un carillon à vent. Il ferait monter le suspense. Comme il se fait un principe de ne jamais aller sur le terrain, il muscle ses descriptions pour qu'on s'y croie. À force de noirceur, sa plume photographique fera jaillir la lumière, a dit le maire. Beau style, a commenté maître Buzin, toujours précis dans ses réflexions. Dans le noir, malgré la brume de la salle de bains, Michel Florent pourrait décrire mon corps sortant de la douche, desséché par trop d'années de chagrin, les épaules voûtées par un froid sidérant. Il écrirait que je me change parce que nous avons invité nos nouveaux voisins à dîner. *La femme douloureuse enfile un sweat, pendant que sa tarte dore et que son mari surveille les patates, mais soudain…*

Dehors, un garçon avec un bonnet péruvien à pompon jaune tire une fille par le bras. C'est la mienne. Et elle le suit. J'ai sous les yeux le portrait-robot de l'affiche la plus récente, celui qui vieillit Hortense. La nouvelle description ne précise pas son poids et sa taille. D'après les statistiques, elle mesure certainement un mètre soixante. Pèse quarante-quatre kilos. Aujourd'hui, Hortense chausse probablement du 37. Je regarde ses chaussures, des baskets à semelles épaisses. Il y a quelque chose d'intensément logique. Le garçon au bonnet péruvien la ramène à la maison. C'est tout simple. Il est le dernier à l'avoir vue dans le parc il y a dix ans, et le premier à l'avoir retrouvée. Il avait cinq ou six ans au parc d'Omble, il en a quinze ou seize et vient d'emménager aux Rousses, en face de chez moi.

Du moins, c'est ce que je constate. Me calmer, je dois redescendre, me reprendre, rien ne va là-dedans. Calmos, dirait Adrienne.

Je respire. Je ramasse les cheveux tombés dans la douche. Je me demande pourquoi on reçoit les voisins, pourquoi on essaie encore une fois de vivre comme tout le monde puisqu'on sait qu'on ne pensera pas à autre chose et surtout qu'à la fin, très vite, les voisins sauront la vérité et ne nous verront plus qu'à travers elle. Je sors mon tube de rouge à lèvres pour Carl, et soudain, à nouveau, alors que j'évite consciencieusement la fenêtre qui vient de me raconter n'importe quoi, je vois ma fille traverser l'allée sous mes yeux, en courant. Elle piétine le jardin des nouveaux voisins. Vite, j'éteins la lumière. Carl parlerait de miracle mais moi je pense à une logique. Mes pupilles se rétractent, j'ai un viseur de carabine dans chaque œil. Le flou disparaît. Tout est très clair. Je sais. Quelque chose se prépare. Peut-être même envoyé par Odile et Vincent en cadeau d'adieu. Ou alors non, rien de tout ça. Il y a seulement ma fille, sous mes yeux, qui vient d'emménager en face. Ça fait deux fois que j'en suis sûre. Deux fois, c'est bien. Tout à l'heure déjà, j'ai reconnu son port de tête, sa course, ses cheveux. Le tableau vivant n'est pas seulement ressemblant, il est d'abord troublant, puis absolument vrai. Et alors ?

C'est déjà arrivé. J'ai lu mille choses comme celle-là. Une fille vient sonner chez ses parents dix ans après sa disparition. Elle leur lance : vous me reconnaissez ? Et la vie reprend. Assez vite d'ailleurs. Il faut sauter dans le train en marche, continuer la route. Point A, point B, la vie de famille. Surtout si l'enfant n'a subi aucun sévice. Il arrive que l'enfant disparu soit adopté par une mère stérile, aimante, bien intentionnée. Il arrive même qu'il soit élevé par un loup. Ce n'est pas une vue de l'esprit. Ça se peut. Rien n'est impossible aux miracles. Des alpinistes terminent parfois des ascensions avec un ou deux membres en moins. Je le sais. Les miracles arrivent quand il n'y a plus d'espoir. Les choses s'enchaînent avec logique. Odile et Vincent ont quitté les lieux il y a quelques semaines, ils ont été remplacés par de nouveaux voisins avec deux enfants. L'un des deux est ma fille. Qui me l'envoie ? L'autre est le petit garçon au bonnet péruvien du parc d'Omble. J'en suis sûre. Ou alors il lui ressemble.

Il est le dernier à l'avoir vue, donc il la ramène. Après avoir bien couru, le pas conquérant et parfaitement coordonnée, avait dit mademoiselle Roche, sa maîtresse de moyenne section, Hortense dérape et rigole. Elle rigole et je reconnais sa grande bouche ouverte, son rire énorme. Soudain elle s'accroupit. La voisine crie quelque chose, peut-être Les enfants, rentrez vite ! Et le voisin ajoute, Rentrez vite, il gèle ! Mais elle reste dehors, elle creuse dans l'herbe, comme Athos. Elle cache quelque chose. Elle se retourne pour vérifier que le couple ne la voit pas. Ils sont occupés au premier étage, ils déplacent leurs meubles, accrochent des tableaux. Ils ont poussé l'armoire de leur chambre contre le mur bleu et le garçon est monté dans la chambre de droite. Il a fixé un drapeau sur son mur bleu. Il ne défait pas ses cartons. Il regarde par la fenêtre, vers elle. Il n'a pas encore retiré son bonnet. Il lui crie quelque chose. J'ai ouvert la fenêtre moi aussi et je l'entends rire. Elle lui demande de venir l'aider. Il lui crie « Débrouille-toi pour une fois », puis il referme la fenêtre, attrape sa guitare. Elle rigole toute seule en rebouchant le trou. Que cache-t-elle sous la terre ? Sa dent ? Sa dent abîmée peu avant ses quatre ans à cause de sa mauvaise chute à la corde à sauter ? Sa dent qui nous a valu une visite qui n'a jamais eu lieu chez le dentiste d'Omble ?

Ses cheveux longs sont attachés en queue-de-cheval haute. Elle a appris à la faire seule, en rangeant bien chaque petite mèche dans l'élastique. Sa nuque est très fragile, son écharpe pend au sol. Je ne vois pas ses mains, je vois mal sa joue, et la petite étoile en haut de sa lèvre, cicatrice estompée. Elle relève la tête et c'est moi qu'elle voit malgré la brume. Les yeux comme au manège, fiers au fond des miens. Nous sommes les seules à savoir. Tu as retrouvé la queue du Mickey, et tu la caches dans l'herbe, c'est ça ? Tu ne veux pas qu'on te la reprenne, c'est ton trophée.

Tu me reconnais ?

Le voisin l'appelle encore une fois. Elle se relève et court vers la maison. J'essaie de la suivre des yeux jusqu'à sa chambre qu'elle allume. Je devine qu'elle cogne au mur de la chambre du garçon. Je crois qu'il lâche sa guitare pour cogner à son tour. Ils rient, chacun dans leur chambre. Je suis toujours dans la salle de bains, lumière éteinte à présent, pour qu'elle ne me voie pas. Carl entre, il me vérifie. Il se précipite sur la fenêtre pour la fermer. Main sur l'épaule, bras autour du cou, baiser fort ou doux, coup de fil, visite surprise, et moi qui respire contre lui, à son rythme. Depuis dix ans, c'est lui qui dit comment je vis. Je vais lui raconter ce que je viens de voir, notre fille, je crois bien, je crois peut-être, je crois je suis sûre, dans le jardin d'en face. Je transporte une bombe avec mes yeux, je la colle dans les siens, il ne voit rien, il caresse mon front, il a son gilet gris, bien fermé, le vêtement le plus rassurant que je connaisse avec son casque d'escalade :

— Ne prends pas froid. Les voisins arrivent, tu descends ?

Géraldine et Bertil Vannier. C'est peut-être nordique. Quand Géraldine a rencontré son mari, elle trouvait que Bertil portait un nom de pépiniériste ou de médicament homéopathique. Elle rigole en le disant et Carl me regarde parce qu'il sent le potentiel amical entre nos voisins et nous. Ils ont l'air moins conventionnels qu'Odile et Vincent. Les enfants ne sont pas venus. À leur âge ils préfèrent rester seuls, nous explique Géraldine en s'excusant. Mais ils passeront nous saluer demain. De la cuisine, je les vois parfaitement dans leur salon. La télévision est branchée. Ils ont les pieds sur la table basse.

Hélène Vannier est en troisième. Ludo Vannier, en seconde. Il est né un an avant elle. Ils s'entendent bien. Surtout pour les bêtises. Ils ont beaucoup d'imagination. À Narbonne où ils habitaient avant, ils ont trouvé le moyen de piquer des carottes dans le potager du préfet pour les offrir à une grand-mère élevant des lapins.

Ils ont tous aimé vivre dans le Sud mais on manque de généralistes dans notre région et Bertil n'a plus envie d'être remplaçant. Géraldine a trouvé un poste à la mairie. Elle n'est pas sûre de s'y plaire mais elle va essayer. Elle demande à Carl en quoi ça consiste, précisément, contremaître. Elle a bu un coup de trop, alors elle dit qu'elle a sa petite idée mais que, dans son imaginaire, c'est un truc sadomaso. Bertil sourit, un peu étroit. Carl rit carrément fort. Ça fait dix ans qu'il n'a pas entendu une blague de cul. Je retourne à la cuisine. Il faudra regarder sous le pied d'Hortense s'il y a bien le petit pli. Je suis trop loin pour le voir correctement. Elle a toujours les pieds posés sur la table basse mais elle porte des chaussons péruviens, fourrés autour des chevilles. La tête en arrière, la bouche grande ouverte, c'est bien elle. Il n'existe pas deux enfants pour rire aussi franchement.

Carl vient me chercher. On nous attend. Je le suis. C'est troublant de ne pas le lui dire tout de suite. Notre fille, en face, juste là, ce n'est pas rien, si ? Mais il a souvent tendance à prendre mes découvertes pour des lubies. C'est un peu agaçant. Il mesure la température de mes yeux. J'ai mis notre fille dedans mais il ne la voit toujours pas. Tu veux me dire quelque chose ? me demande-t-il. Je retourne à la cuisine pour prendre le saladier mais il vient avec moi. Il sort une autre bouteille. Une fois pafs, les voisins ne pourront plus rien ranger chez eux. Carl est content que je fasse une blague. Je peux faire mieux. J'ajoute « Tu es d'accord avec moi, n'est-ce pas contremaître ? » Il me regarde au fond, c'est le fond où on ne va plus. Normalement, il ne regarde pas là.

Bertil commence à travailler lundi. Il veut savoir comment sont les gens ici. Carl dit fidèles, et moi, je l'approuve. Je me suis pourtant souvent demandé si leur fidélité n'était pas plutôt de la peur. Si l'horreur reste posée sur nous, elle ne se posera pas sur eux. Alors les gens ne nous secouent pas, ils n'ont pas envie de recevoir, même des poussières de notre malheur. Ils battent des cils, ils agitent leurs mains vers nous, on croit que c'est une façon de nous comprendre, de nous écouter, mais c'est leur manière de nous chasser. Ils tendent les mains mais en fait ils donnent des coups de pied.

Géraldine est en charge d'un grand projet voté par la dernière municipalité, la rénovation du parc des Rousses. Pour sa nouvelle configuration, elle doit penser aux enfants mais aussi aux gens âgés. Géraldine mise sur des tables de jeu fixées dans le sol, sur quelques transats en pierre. C'est devenu classique dans les grandes agglomérations. Ce n'est pas parce qu'il fait froid qu'il n'y a pas d'été ici. Rien n'est à proscrire. Et évidemment, si elle obtenait aussi l'autorisation de faire construire un bar associatif, les gens se rassembleraient. Le long hiver n'est pas seulement un problème. Il peut se transformer en moment chaleureux. Cinéma en plein air, c'est ce qu'elle imagine pour les beaux jours. Au moins un soir par semaine. Bertil aurait bien aimé qu'elle travaille avec lui mais elle trouve que secrétaire médicale de son propre mari, c'est un peu *contremaître* dans l'autre sens. Elle plaisante, T'inquiète pas, ne sois pas triste, je peux me déguiser en secrétaire à la maison si tu veux. Décidément.

En avril dernier, j'ai déjà vu Hortense dans une voiture roulant à vive allure entre Lornas et Vésineux. Elle était assise à l'arrière, dans son siège bébé, et jouait avec le pare-soleil. Je l'ai raconté à Carl. Tu oublies qu'aujourd'hui elle a quatorze ans, m'a dit Carl, la voix dedans, étouffée dans son gilet gris. J'ai glissé ma tête dessous, il l'a repoussée parce qu'il n'aime pas tellement les trucs bizarres comme une tête qui vient gonfler son gilet. Mais, juste après, il m'a reprise contre lui pour respirer en même temps que moi. J'ai admis qu'un mètre soixante-huit, peut-être soixante-sept en avril dernier, c'était trop grand pour le siège enfant. J'ai admis que je m'étais trompée même si j'ai longtemps vu la petite fille de la voiture se balancer. Quand je compte jusqu'à 26, parfois elle apparaît. Elle me sourit méchamment.

Carl ne va pas me croire quand je lui dirai que notre fille est revenue. Je ne sais pas encore si je dois dire « revenue » ou « réapparue ». « Ressuscitée » ? Il va certainement me conseiller un tour au lac. Il trouve que la course m'apaise, les longues marches aussi. C'est vrai que j'aime m'asseoir au rocher rond, regarder l'arbre creux, sentir Hortense toute proche de moi. C'est comme si la nature attendait le bon moment pour nous réunir. Ma tarte est délicieuse. Bertil veut ma recette, parce que c'est lui qui cuisine généralement. Un reblochon, penser à retirer l'emballage – curieusement il note aussi ce détail sur son téléphone –, une pâte feuilletée dessus, l'autre dessous, on modèle consciencieusement les bords avec les mains. Et puis on badigeonne avec un jaune d'œuf pour que ça dore. Il faut faire attention à ne pas enfoncer son doigt dans la pâte. Géraldine explose de rire. Enfoncer le doigt. Décidément. Personne d'autre ne remarque ? C'est peut-être moi.

Je retourne dans la cuisine. Je sors la glace à l'avance pour qu'elle ne soit pas trop dure. Je cherche Hortense sur le canapé mais elle a bougé. Elle n'est plus dans le salon. Le garçon, lui, est toujours là. Il a les yeux fixes devant l'écran allumé. Mais elle, elle est où ?

Elle est où ?
Carl demande qui.

III

Carl ne s'est pas fâché, mais il m'a dit non, d'abord avec la tête. Son balancement de droite à gauche est censé marquer une limite. Je dois m'y cantonner. Repère. Soutien. Cadrage. Coagulation. Évidemment, Carl a dit non parce qu'il n'a pas pu voir notre fille. Elle était couchée quand les voisins sont rentrés chez eux. Elle était couchée, rideaux tirés, rideaux bleu mur. Il a fait celui qui ne voulait pas regarder vers la maison d'en face parce que l'intérêt de l'instant était là, chez nous, vers moi qui m'excitais avec les mots en épée, les mots en domino. Il me connaît. Range-les, il a dit, range-les tous, mais pas dans ta tête. Trop pleine, a-t-il pensé. Ensuite, il a caressé sa joue, pas la mienne, et c'est rare quand ses caresses ne me retombent pas dessus. Inès a beaucoup lu sur l'impression de retour du disparu. J'ai tellement mis Carl dans l'embarras à une époque, à accuser sa sœur, qu'il se sent obligé de l'écouter. Elle rattrape son absence du début. Elle nous soutient et conseille Carl sur la manière de faire avec moi. J'ai bien perçu le mensonge mais je n'ai pas pu m'empêcher de le recevoir comme une vérité. Ce n'est pas Michel Florent qui le dit, c'est Inès. Carl respecte ce que je vois, il juge normal d'y croire encore et d'espérer, mais je me demande s'il le pense vraiment. La vérité, c'est qu'il ne continue à coller des avis de recherche que pour me maintenir en état de marche. S'il baissait les bras, je m'écroulerais. Il cherche, parce qu'il a pris l'habitude de le faire, mais il n'aimerait plus retrouver notre fille. Je suis sûre qu'il préfère qu'elle vive en l'état, définitivement mystérieuse et jamais tout à fait morte. Même pour lui. Cette quête éternelle lui offre quand même un certain confort de vie. Elle lui permet de rattraper ses négligences. Depuis qu'elle n'est plus là, c'est un excellent père et un impeccable mari.

Quand Hortense a disparu, Inès partait en vacances. C'est-à-dire que notre fille a été enlevée un mercredi à 16 h 20 et qu'Inès a pris l'avion pour Ko Samui, deuxième plus grande île de Thaïlande, quasiment au même moment. Une île réputée pour ses plages de cocotiers et sa forêt tropicale d'où elle est rentrée deux jours plus tard, abrégeant son séjour, avec, quand même, un paréo turquoise pour Hortense et, pour moi, des tongs Louis Vuitton contrefaites qu'elle était contente de ne pas s'être fait confisquer par la douane. Quand elle a vu nos têtes devant le paréo, elle a dit « J'y crois pas, on va la retrouver ». Moi, j'avais des doutes. Après, au lieu de s'horrifier en silence, elle a osé une petite blague. Du genre « Le ravisseur aurait pu attendre que je rentre ». Carl a vu mes yeux révulsés et il a tout de suite défendu sa sœur, expliquant cette phrase par l'angoisse qui l'étreignait. Elle ne sait plus ce qu'elle dit. Tout le monde savait pourtant, dès les premières heures. Tout le monde a vu aux informations, grâce à la description détaillée que le petit garçon au bonnet péruvien avait finalement livrée aux gendarmes, qu'une petite fille de quatre ans en doudoune rouge, aux chaussures lacées de poulain vert, avait été enlevée par un homme de faible corpulence, très nerveux, portant un anorak sombre, bleu ou noir, des lunettes aux verres épais et fumés, un bonnet noir, des chaussures de marche marron et kaki style Kalandji. Mais Inès, elle, a pleuré sur ses vacances. Et sorti une blague. Parfaitement inadaptée, a reconnu Carl plus tard. Monstrueuse, oui, a-t-il admis quand j'ai hurlé.

Le petit homme nerveux a poussé ma fille dans sa voiture, lui a maintenu la tête sous le siège, l'a coincée, toute bleue dans une cave. Il a fait des expériences en la remplissant d'eau, en lui coupant les mains, la langue, il l'a vendue à un réseau, l'a filmée pour un autre réseau, l'a maquillée pour un troisième réseau, l'a enfermée à double tour dans un puits ou dans un donjon. Pendant ce temps-là, Inès regrettait de ne pas avoir pu jouer à Candy Crush en bronzant à Ko machin. Le petit homme sec a laissé Hortense pleurer mais jamais appeler « maman ». Inès se désolait de ne pas avoir eu le temps d'en apprendre davantage sur les sauces au lait de coco tandis qu'un petit homme nerveux gueulait sur ma fille pour qu'elle la boucle, serrait ses doigts sur ses poignets, son cou. Et Hortense a tenté de faire une bouloche avec le fourrage de sa doudoune, se demandant si je m'échaufferais en voyant le trou élargi au fond de la poche, trou qu'elle élargissait tout le temps à la recherche de la bourre douce. Inès rêvait de s'empiffrer de mangue pendant que ma fille tentait de se suicider à la bouloche, se souvenant de mes mises en garde sur ces petits doudous mobiles qu'elle portait souvent trop près de sa bouche et dont je craignais qu'ils l'étouffent. Inès rêvait qu'on lui massait les pieds une fois par jour, parce qu'en Thaïlande c'est donné, pendant que les orteils de ma fille, surtout le gros, rebiquaient de peur et de froid. Hortense était en boule, le nez dans les genoux, les tempes dans les genoux, les bras serrés autour des jambes, pour garder la boule la plus ronde possible et pouvoir, si une porte s'ouvrait enfin, rouler vite jusqu'au bas d'une rue, d'un talus, d'un escalier.

Carl est l'homme le plus sérieux que je connaisse, celui sur qui, depuis la disparition de notre fille, ma confiance se pose sans jamais se tromper. Il m'a fallu quelques mois pour formuler ma demande correctement. Il n'y avait aucune raison pour qu'on n'enquête pas sur sa sœur. Les gendarmes ont tourné autour de Muriel et de plusieurs gars de l'imprimerie. Presque tous les collègues de Carl ont été interrogés, mais pas sa sœur. Comme si décoller pour Ko machin tandis que le petit homme sec arrachait Hortense à sa balançoire la lavait de tout soupçon. J'avais l'impression qu'on l'évitait exprès, j'ai même parlé aux gendarmes des tongs contrefaites afin qu'on l'arrête, qu'on l'interroge une deuxième fois, pour de bon, même avec les formes, mais ils m'ont gentiment éconduite. J'agissais dans le dos de Carl, je savais qu'il n'accepterait pas une idée pareille. Sa sœur coupable, c'était du délire. J'avais droit au délire, à condition de ne jamais accuser sa sœur d'avoir fait kidnapper notre fille par un petit homme sec de sa connaissance.

Carl n'a pas regardé la maison d'en face. Il a regardé mes yeux, mon front, puis quelque chose derrière moi. Il a prononcé l'expression « morte-vivante », et il y a cru au moins le temps de dire : « Tant qu'on ne nous apporte pas les preuves de sa mort, elle est vivante. » Et moi, tant qu'elle n'est pas vivante, je suis morte. Il n'aime pas que je lui réponde des inepties. C'est comme les dominos ou les épées, alors il me parle du lait. Concret. Revenir au concret pour empêcher mon esprit de fabriquer des rêves indépendants, qui échappent à la réalité. Il se bat pour que la photo d'Hortense soit imprimée sur des briques de lait demi-écrémé. A priori, cela devrait se faire. Il compte le nombre de briques de lait sur les tables le matin, le nombre de familles qui vont voir les photos d'Hortense, à quatre et à quatorze ans, en mangeant des céréales. Il négocie les deux photos parce que le portrait-robot vieilli est quand même très approximatif.

Je fais remarquer à Carl que Géraldine et Bertil ont parlé de leur famille mais que ni l'un ni l'autre n'ont dit « notre fille », en dépit de bien des « notre fils ». Enfin, je crois. Carl n'a plus envie de m'écouter. Pourtant je ne déduis pas, je démontre. Je l'ai exaspéré en allant chez les voisins porter de la glace aux enfants. Géraldine venait de m'expliquer que les gosses étaient tranquilles, elle a même dit « peinards », et j'ai quand même quitté la table des invités pour sortir sans manteau porter de la glace aux enfants. Alors qu'il faisait moins huit. La météo. Tu ne peux pas toujours faire comme tu veux. Géraldine t'a dit non, ce n'était pas la peine et c'était même inapproprié, mais toi, tu y es allée quand même.

C'est vrai. J'ai frappé et le garçon m'a ouvert. Je suis entrée, j'ai dit bonjour, brièvement résumé la situation, voisine, dîner avec les parents mais glace surprise pour les enfants. Y a pas de raison. Le garçon m'a pris le pot des mains en remerciant, il avait l'air content, il a même dit que pistache était le parfum préféré de sa sœur. Il a appelé « Hélène », et moi j'ai dit « Hortense ? » et il m'a répondu « Non, Hélène ». Elle était de dos, assise sur le canapé, une télécommande à la main. Il lui a expliqué que la voisine venait d'apporter de la glace à la pistache, elle s'est excusée de ne pas me dire bonjour parce qu'elle était en train de jouer, alors j'ai avancé vers elle. Le garçon m'a dit « Attention », « S'il vous plaît », et peut-être « Pardon », les deux ou les trois en même temps. Juste après, il m'a touché le bras en regardant mes pieds et les traces de boue que je venais de faire sur le tapis. Dans nos contrées, comme dirait l'autre, on retire ses bottes en entrant chez les gens. J'ai reculé. Hortense a crié de joie. Je t'ai mis douze points dans la tronche ! J'ai encore reculé jusqu'au buffet de l'entrée où son tour de cou en polaire fuchsia et parme était posé. Son frère a fixé l'écran et j'ai reculé jusqu'à la porte. Il m'a scrutée, plutôt amusé, quand j'ai dit salut. Puis j'ai reculé jusqu'à la maison. Hortense, sur le canapé, me tournait toujours le dos. À la fenêtre, le garçon, le pot de glace à la main, me regardait cette fois rentrer chez moi à reculons, les mains dans les poches. Remettant sans doute un visage sur un souvenir. Visage de mère éplorée le secouant par l'épaule dans un parc d'Omble, dis-le !, dis-le imbécile, vite, dis-moi que sa doudoune était rouge et ses chaussures en poulain vert !

En déboutonnant son gilet, Carl se force à se maintenir le nez baissé pour bien me montrer qu'il ne regardera pas vers la fenêtre. Il va s'asseoir à son bureau, dans notre chambre, et préparer la nouvelle campagne. Chaque trimestre, il modifie la typo. À l'imprimerie, ils nous ont donné carte blanche. Mille affiches qu'on colle dans la région, en remplacement des anciennes. Il faut que la disparition d'Hortense reste une nouveauté, qu'elle ne devienne jamais un décor. Carl change l'emplacement de la photo, alterne couleur et noir et blanc. Depuis dix ans, il a le droit d'imprimer ce qu'il veut, à la condition de ne pas monopoliser les machines et de ne les utiliser que pendant les temps morts. Carl est discret, mais il imprime quand même le plus souvent en couleur.

Le rideau couleur mur ne bouge pas devant la fenêtre de sa chambre. Si je vois tout ce qui ne figure pas sur le portrait-robot et qu'une mère connaît, je serai sûre. Le pli sous son pied droit, l'angiome rose pâle sur sa nuque, sous les cheveux. L'odeur de pouce dans l'oreiller, dans la chambre, sur les peluches, une petite bouloche dans la poche. Et puis Athos, évidemment. Demain matin, je le lâcherai dans le jardin. Il ne traverse jamais la rue mais j'ouvrirai la porte pour voir. Je suis sûre qu'il tracera jusqu'à elle. Un chien n'oublie jamais son maître. J'ai lu cent fois l'histoire du chien d'Ulysse. Elle est très bien racontée pour les enfants dans la petite collection rose de la médiathèque. Avant, on s'asseyait sur le canapé, Hortense et moi, enveloppées dans le plaid à losanges, et on lisait. Un jour, pour qu'il arrête de me parler de mon futur best-seller, j'ai dit à l'éditeur que j'aimais bien cette petite collection rose. Il m'a répondu que dans sa maison d'édition aussi on publiait des livres pour la jeunesse et il m'a envoyé plein de choses. Même des ouvrages de cuisine et d'art-thérapie pour adultes. Des chats féeriques, des oiseaux des îles et des mandalas à colorier, avec un mot : « Je suis toujours là. Je ne vous oublie pas. » Il veut vraiment qu'on fasse notre document. Ça fait dix ans qu'il veut. Il s'est pointé juste après l'enlèvement d'Hortense, en même temps que les photographes en quête d'images récupérées dans les albums et que la quinzaine d'avocats. L'éditeur a parlé d'hommage, de souvenir, de résilience. Il a promis Succès assuré. Carton phénoménal. Depuis dix ans, il ne nous lâche pas. Il préfère dire « entourer ». Il était là dimanche dernier, une rose épanouie à la boutonnière. Il a parlé avec Buzin. L'éditeur a cessé de nous recommander un avocat de sa connaissance, porte-parole d'Attention, enfants !, et qui ne serait pas spécialisé, comme le nôtre, dans les baux immobiliers. Après la marche blanche, il s'est arrêté chez nous, le coffre plein de cadeaux. Des polars pour me divertir, et un guide tout-terrain des champignons pour Carl. Il nous a assuré qu'il comprenait ce qu'on ressentait, parce que ses enfants à lui sont partis vivre aux États-Unis avec leur mère. Alors il voit très bien ce qu'on veut dire par absence. Lui, il souffre du manque. Il aurait tellement aimé transmettre son savoir, passer son agreg. Prof, c'était son destin. Il pose la main sur son cœur, puis reparle tirage et chiffres de vente. Avec tout ce que rapporterait le livre, on repartirait de zéro. On pourrait carrément décider de vivre au soleil. Il ne faut pas rester cloués là. Ça ne sert plus à rien. Même si l'espoir demeure. Il faudra en saupoudrer la fin du livre. Les gens n'ont pas envie de noirceur. Le message positif tient une place majeure dans le best-seller. Comme dans la vie. Ne jamais baisser les bras et avancer toujours ! On changerait de maison. Il nous conseille et nous rassure avec logique. À quoi bon stagner. D'ailleurs, on nous téléphonerait s'il y avait du neuf. On aurait plein d'argent, donc on aurait plein de portables. Avec tout ça, on pourrait même refaire des enfants.

IV

On a tellement craint qu'Athos se fasse écraser, fougueux comme il était, qu'on l'a entraîné comme un chien de l'armée. J'avais lu que certains voleurs tuaient des chiens en leur balançant des éponges frites à manger. Grâce à notre dressage, Athos n'accepte rien de tendu à travers une grille. Une chose est certaine, il ne traversera jamais, même si je lui lance une côte de bœuf sur la pelouse d'en face. C'est aux enfants de venir. Ils ont dit qu'ils le feraient. Ça n'a servi à rien de leur avoir apporté de la glace hier soir. On s'est à peine salués, comme si on ne s'était pas vus. Donc ils vont venir. Quand Athos célébrera Hortense, Carl comprendra.

Carl croit que je suis passée à autre chose et que je joue vraiment avec le chien. Il me regarde. Il me surveille. *Elle est la neige sur la glace*, écrirait Michel Florent. Quelquefois, Carl mesure en moi le risque d'avalanche. Il est content quand, ensuite, je me laisse aller à la légèreté, il évalue le temps que peut durer l'accalmie. Hier soir, j'étais instable, il m'a dit ce mot ce matin. Plaque à vent. Est-ce que je me sens mieux ? Toutes les filles de quatorze ans ne sont pas Hortense. On efface et on recommence. J'ai répondu oui-oui. Il m'a regardée au fond.

Dans pas longtemps, il va partir coller ses affiches. Il sent que je vais mieux. Je ne me serai pas évaporée à son retour. Il me trouve bien canalisée, à jouer avec le chien pour une fois, ce pauvre chien qui m'a servi d'éponge frite aux larmes. Il faut que j'aie l'air concrète si je veux que Carl me lâche. Je lui dis de rappeler le photographe avant de partir. J'en ai assez de tomber sur lui. On ne peut pas changer de numéro. Quand Hortense a disparu, on venait de lui apprendre à répéter les chiffres dans l'ordre. Elle se trompait toujours un peu mais, dans la panique, elle pourrait très bien ressortir notre numéro correctement. J'ai lu beaucoup de choses sur la mémoire, ou bien c'est Inès qui les a lues. En tout cas, il est établi qu'en cas de danger, un jour, la mémoire réalise des prouesses. Même dix ans après. Même ensevelis sous terre, des gens arrivent à téléphoner. Là où est enfermée Hortense, c'est peut-être plus difficile. En tout cas, il n'y a pas de réseau dans les montagnes alentour.

En attendant, malgré les dix ans passés, le téléphone sonne encore beaucoup et dire non aux demandes est éprouvant. Le photographe, par exemple, m'a dit l'autre jour : « Vous ne faites vraiment pas envie. » « Vous pensez qu'on n'a plus envie de nous aider ? » lui ai-je demandé. Alors il s'est rattrapé : « Ce n'est pas ça, je vous prie de m'excuser, c'est juste qu'on n'y croit plus à vos têtes. On les a beaucoup trop vues. » Il m'a expliqué que c'est comme un long mariage pour le public : à force de nous voir, il ne nous voit plus. Le public, c'est la France ? « Et puis vous avez vraiment vieilli, maigri, alors c'est bizarre vos bonnes joues. » Il a déjà photographié Ornella Muti et Laurent Gerra.

Carl part à vélo. Il a besoin de se dégourdir les jambes à cause du vin d'hier. Après, comme d'habitude, si c'est trop gelé, il repassera prendre sa voiture. Il me prévient qu'il va suivre le parcours habituel, commencer par couvrir les Rousses puis Vésineux et Lornas, à quelques kilomètres seulement. J'aime bien qu'il parte sans voiture. On entend mieux les cris quand on se déplace sans habitacle. Je n'ai pas fermé les fenêtres de ma voiture depuis dix ans. Il y a des sons parfois qui m'arrêtent. J'entends « maman ». Carl a déjà entendu « papa » mais, à la différence de moi, il n'a pas essayé de savoir si c'était vrai. Il a dit au docteur qu'il avait volontairement partagé ce symptôme avec moi, pour ne pas se sentir exclu de mes tourments, mais que ça n'irait pas plus loin. Après, il a su ce que c'était. Une hallucination auditive. C'est fréquent chez les mères d'enfants disparus. L'ancien généraliste m'a donné des médicaments pour les stopper. J'ai pris treize kilos et je les ai arrêtés. Pas à cause du poids, mais j'avais le souffle trop court, je ne pouvais plus faire le tour des lacs en courant jusqu'au rocher de l'arbre creux, surtout dans la boue. Je restais coincée, les pieds enfoncés, avec cette masse autour de mes hanches, censée me sauver mais comme une bouée qui me lestait. J'avale des cachets roses pour dormir, pas souvent. Je préfère dormir le moins possible pour ne pas me réveiller en réapprenant la nouvelle. Ma fille a été kidnappée. Il n'y a aucune autre hypothèse. Elle n'a pas été avalée par les cordes de la balançoire, elle n'est pas dissimulée dans mes mains plaquées devant mes yeux quand je compte jusqu'à 30, 27. Je peux faire vingt-sept fois le tour de la poubelle, elle n'est pas dedans, ni sous le sable, ni oubliée dans la voiture. Je ne suis pas venue jusqu'au parc seule, l'oubliant à l'école, à cause de la fatigue par exemple. Je ne l'ai pas déposée chez le dentiste sans m'en rendre compte, avant d'aller me garer. En revanche, oui, j'ai vraiment accouché le 5 décembre 2003, j'ai donné naissance à Hortense, disparue le 23 janvier 2008, kidnappée par un petit homme sec au bonnet noir et aux chaussures marron et vert, de type Kalandji. D'ailleurs, je porte la trace d'une petite couture sur le ventre. Il y a aussi un pare-soleil Goldorak dans ma voiture, car j'ai toujours voulu confondre mes souvenirs et les siens, lui infliger une autre époque. Je l'ai mieux supportée en la déplaçant sur l'échelle de mes années pour qu'elle me rappelle quelque chose et qu'elle ne soit pas seulement elle, mais un peu moi aussi. Pour que ce soit mieux. Elle n'est pas cachée dans la boîte à gants, elle n'a pas été oubliée à la station-service. D'ailleurs, je n'ai pas fait le plein. Elle n'est plus là, parce qu'elle n'est plus nulle part. Elle est dans mon cœur, elle peut très bien y vivre. Je la fais battre. Pour la réanimer.

Les rideaux couleur mur sont entrouverts sauf dans les chambres des enfants. Bertil fait des allers et retours entre le garage et la maison. Géraldine vide des cartons. Parfois je vois des ombres dans une pièce. Ils doivent échanger quelques mots. Parfois rien. Ils sont bizarres. Ils ont laissé les enfants partir, un samedi matin, au lieu de les aider à ranger leurs nouvelles chambres. Au village à vélo ? À la rivière à pied ? Au parc ? Aux lacs ? Au stade ? À la médiathèque ? Je n'ai plus rien à faire ici, je vais aller en ville. Si la petite d'en face est Hortense, je ne dois pas la brusquer. Si ce n'est pas elle, je ne dois pas me brusquer.

Je roule doucement. J'évite de croiser Carl. Évidemment, il aura posé son vélo au bout de cinquante mètres pour continuer à pied en glissant. On le sait mais il essaie quand même. L'idée du vélo lui suffit. Il ne me demande plus d'afficher avec lui. C'est trop douloureux pour moi, les gens qui veulent apprendre quelque chose de précis, de source sûre. Ils s'approchent pour dire bonjour, découvrir la nouvelle affiche, mais, même si les couleurs ont changé, ils la connaissent par cœur : habits de l'époque, jeans gris, tee-shirt bleu marine à manches longues et col rond, pull rose dragée. Ils évoquent notre quotidien douloureux mais je sais ce qui les intéresse au fond. Ils pensent à ce qu'Hortense a subi. Ils veulent savoir si on a notre petite idée là-dessus ou si les gendarmes nous ont appris quelque chose. Il y a des profils types. Les violeurs ne sont pas forcément des assassins, et vice versa. Il y a les pervers, les sadiques, qui ne violent pas forcément. Qui font mal. Avec de la chance, elle est morte d'un arrêt du cœur dès le début de la torture. Les gendarmes ont sans doute imaginé un scénario, le plus logique d'après les maigres indices en leur possession. On sait à quel type d'assassin on a affaire quand on est profileur. Vous avez vu le profileur ? Ça existe vraiment les profileurs ? Le petit homme sec. Le bonnet noir. Les chaussures de marche Kalandji. C'est déjà un profil, non ? On a vu une voiture blanche, type break R21, traverser Houdin à vive allure deux jours après la disparition d'Hortense. Est-ce qu'il aime la torture ? Est-ce qu'il a besoin de viol ? Pardon d'insister sur torture, pour le viol on a déjà dû vous demander si souvent. C'est pas du voyeurisme, c'est de la curiosité.

On a sondé les deux lacs, les collines, les abris, les cabanes, on a perquisitionné l'imprimerie, sans jamais rien trouver, ou presque. Les limiers ont marqué l'arrêt devant un trou peu profond, en lisière de la forêt de Miriel. Les gendarmes y ont découvert une chaussure de poulain vert taille 28. Il manquait le lacet. Des chaussures en poulain vert, je connais plein d'enfants qui en portent. Ce n'est pas forcément celle d'Hortense.

Quand on a retrouvé la chaussure, des gens ont mis en ligne des diaporamas en guise d'offrandes. Ils ont repris les photos d'Hortense, celles des premiers avis de recherche, celles qu'on a données à la presse. Ils ont alterné les photos d'elle avec des colombes, des ailes d'ange ou des miroirs brisés, puis balancé ça sur le web avec une chanson triste. Ils feraient mieux de consulter des psys en urgence. L'éditeur est d'accord avec moi. Je ne peux pas m'empêcher de lui raconter ces choses-là, même si je sais qu'après il rappelle, qu'il suit son idée. Il faudra mentionner les diaporamas musicaux dans le livre parce que c'est comme de l'art populaire, de bric et de broc mais plein de ferveur.

Nous, il s'en fout, m'a dit Carl chaque fois que j'ai un peu défendu l'éditeur. Il a pourtant trouvé la couverture idéale pour mon best-seller. Elle sera comme un avis de recherche, mais ce ne seront pas quelques centaines d'affiches qui seront placardées de temps en temps dans des bleds grâce à la générosité du patron de mon mari, ce seront des dizaines et des dizaines de milliers de couvertures, et dans tout le pays encore. La photo d'Hortense à quatre ans, le titre en rouge, mon nom en petit, aucun problème sur la taille de mon nom, l'éditeur fera ce que je dirai du moment qu'Hortense éclate en grand. Rouge, c'est bien comme couleur, vraiment, c'est l'espérance. Je dois imaginer les piles de bouquins qu'il va y avoir avec la photo de ma fille, dans les gares, les aéroports, sur les aires d'autoroute. Pas un voyageur ne pourra ignorer le visage d'Hortense. Il la reconnaîtra ensuite à coup sûr s'il la croise, il la reconnaîtra jusque dans les bordels d'Hambourg. « Ah bon ? Vous y êtes allé ? » « Jamais, me répond l'éditeur, j'aurais pu dire bordel de la Cité engloutie. » « Ah bon, ça existe encore ? »

« Il te drague », me dit Carl. Avec son tour du monde des bordels ? Ses dazibaos ? « Il te drague », répète Carl. Dans ses yeux, ça ne change pas grand-chose à l'avenir. Il y a du scotch, de la colle, des affichettes. Moi j'en aurai plein, si je fais le livre, et aussi dans le métro parisien, on la contemplera partout, Hortense, même à l'étranger parce que l'éditeur me jure que le livre sera traduit. Hortense en photo dans le monde entier. Et toute la famille, dans le cahier photo, au centre du livre, même ta sœur ! « Il te drague », dit Carl.

Les enfants ne sont pas au parc des Rousses. Je me demande où Géraldine compte implanter son bar autogéré et son cinéma de plein air. Dans les rues, il y a du monde le samedi matin. On fait les courses, on prépare le repas du soir, on aménage la gaieté du week-end. À la médiathèque, il y a les regards. Oui, c'est moi, la mère de la petite Hortense que vous aimiez tant, que vous aimez tellement que l'un parmi vous sait sûrement quelque chose et se tait. C'est peut-être mieux, remarquez. Véronique vient me dire bonjour. Elle veut savoir si mon nouveau travail me plaît et, sans écouter ma réponse, elle revient sur les poubelles empilées au bout de son chemin. Par l'intermédiaire de Carl, si proche du maire, elle espère obtenir de l'aide. Les ordures de son secteur sont trop proches de sa porte. Elle verrait d'un bon œil qu'on les décale d'une dizaine de mètres afin qu'elle n'héberge pas celles de tout le monde quand la météo empêche les éboueurs de les ramasser. Si on avait voulu, Carl et moi, on serait devenus des as de la politique.

On est tellement médiatisés que les gens s'adressent à nous comme à des porte-parole ou à des élus. Carl fait beaucoup pour les autres. Il essaie, au moins, car il estime qu'un service rendu peut entraîner quelque chose. Les briques de lait par exemple, il les a obtenues en accueillant en stage à l'imprimerie le neveu du patron de la laiterie. Et moi j'ai eu mon mi-temps à la Poste grâce à Véronique mais, juste avant, elle avait demandé à Carl de reparler au maire de l'ouverture tardive de la médiathèque le soir d'Halloween. Cette année, elle aura enfin sa soirée « Trick or treat ». La médiathèque pourra rester ouverte jusqu'à 23 heures, on assistera à des lectures mises en scène sur des musiques de films d'horreur. Il y aura des livres à gagner pour les enfants qui rapporteront deux bonbons. Deux bonbons, elle est tout excitée par le chiffre, c'est le nombre de dents utiles d'un vampire. Elle rit. Elle est contente. Évidemment, il faudra venir déguisé. En sorcière, en squelette. Elle précise que je peux me ramener en potiron si je préfère. Elle a envie de mettre un peu de vie dans cette médiathèque. « Carl est vraiment génial », me lance-t-elle, chaque fois qu'elle me voit. Elle est très reconnaissante. Carl l'appelle Véro. Au début, je ne comprenais pas de qui il parlait quand il disait Véro. Je ne demandais pas non plus. Je n'imaginais rien. C'est Adrienne qui m'a contrainte à imaginer davantage. Pour Adrienne, la médiatisation rend n'importe qui attirant, on se fiche bien de savoir s'il est beau ou pas. Et que donc. Par conséquent. Je devrais comprendre ce qu'elle veut dire par là. Mais je ne comprends pas. Comme si Carl était moins beau avant les médias. Elle m'a mise en garde. Tu n'as plus que lui. Il est si gentil avec toi. Il t'aime tellement, souviens-toi des ballons vers le ciel à votre mariage, vos vœux pour toute la vie écrits dessus, tu l'aimes encore, n'est-ce pas ? Fais gaffe.

On était cons. Des ballons dans le ciel, avec moi qui avais cherché partout des ballons blancs pour que ce soit vraiment uni, et pas multicolore. Une nuit, j'avais même réveillé Carl pour lui dire que je m'opposerais au lancer de vœux si on ne se mettait pas d'accord sur des couleurs.

Alors oui, Carl dit « Véro » et malgré la mise en garde d'Adrienne je continue à n'en avoir rien à faire, tellement rien que je me suis mise à l'appeler Véro moi aussi, et peut-être même Caro quand je me trompe, mais lui voit très bien de qui on parle à chaque fois. Comme quoi Véro, Caro ou moi, pour lui, c'est pareil.

Les enfants ne sont pas au supermarché, ni dans les rues, ni chez le quincailler ; j'ai inspecté par la vitrine, et cela m'a valu quelques regards. La mère d'Hortense qui s'arrête devant le set de couteaux à steak : que veut-elle ? La tuer deux fois ? J'aimerais qu'Hortense soit vivante. Elle vend peut-être des coquillages peints sur une plage du Mexique. Elle habite au Svalbard, elle a obtenu un port d'arme, elle est capable de tuer un ours, alors un petit homme sec, vous imaginez. Personne n'approche sa cabane aux volets rouges. Personne n'approchera sa maison aux rideaux mur. Je sentirai quand c'est le moment de lui parler. Déjà, je sais comment croiser son regard quand j'en ai besoin.

Je me promène dans les Rousses avec Hortense dans la tête, Hortense qui, depuis sa disparition, se pose souvent sur les visages que je croise. Alors je leur souris doucement, à ces danseuses étoiles, à ces maîtresses d'école, à ces vétérinaires. Il n'est pas rare qu'Hortense me rejoigne en balade, que j'ouvre la portière arrière de la voiture avant la mienne pour asseoir son fantôme dans le siège enfant trop petit pour elle. Je claque la portière très doucement, j'essaie de le faire sans bruit, pour ne pas me sortir de ma rêverie. La quitter, c'est retrouver l'absence de la banquette arrière. Sinon, je peux m'asseoir, mettre son disque, d'abord la chanson 8, toujours la 8, pas une autre. Si tu mets une autre, t'es nulle, t'es plus jamais ma maman.

V

La psychologue de Parents d'Enfants Disparus m'a conseillé de laisser ma pensée se poser n'importe où et de parler, sans me censurer. Dix ans après le drame, une pensée fugace peut enclencher pour la première fois une conversation sans avis de recherche ni brique de lait, sans bonnet péruvien, sans lacet perdu. « Inès devrait arrêter avec les plantations exotiques. » Voilà. J'ai trouvé une phrase à répéter quand on rentrera chez nous, après le repas. Ou alors j'évoquerai quelque chose d'un peu détaillé sur ses nouveaux sets de table. Carl a besoin que je sois gentille avec sa sœur et, vu ce qu'il fait pour moi depuis dix ans, je peux au moins faire ça pour lui. C'est comme déjeuner chez elle, sans montrer que je voudrais être partout ailleurs sauf en train de chercher un autre sujet de conversation que la marche blanche ou l'enquête.

Cette fois, Inès a rapporté de Ko machin des baguettes. Elle les avait glissées dans sa poche de manteau dimanche dernier, puis elle s'est ravisée. Ce n'était vraiment pas l'endroit pour nous les donner. On a du mal à regarder ses cadeaux, moi mes baguettes et Carl, son chapeau de bambou. Soudain, c'est comme si elle était elle-même gênée d'avoir osé les faire. Elle précise que Ko Tao est très éloignée de Ko Samui. Symboliquement, elle ne serait jamais retournée sur la même île dix ans après.

Je reparle des baguettes, je croyais qu'on mangeait à la cuillère en Thaïlande. Chez Korat, à Bellecîme, il n'y a pas de baguettes. Pas de fourchettes non plus. Je le sais parce que Hortense aimait bien y aller à cause du riz au poisson roulé dans une feuille de banane. Inès parle de sa citronnelle qui va encore mourir avant d'avoir poussé. Le climat, la météo. Carl a planté des légumes ici, quand on s'est installés, mais depuis 2008 il a tout arrêté. Aux Rousses, c'est ainsi, on ne plante pas de citronnelle. Sauf à chercher à tout prix un sujet de conversation inhabituel pour éviter la véritable discussion : qu'est-ce qu'elle foutait dans l'avion le 23 janvier 2008 pendant que Carl lui laissait message sur message au sujet de notre fille. Quelle revue feuilletait-elle quand l'Alerte enlèvement a été déclenchée. Combien de massages a-t-elle quand même reçus pendant son seul jour de vacances, alors que commençait la période de flagrance, quinze premiers jours de recherche, quinze premiers jours au-delà desquels ça pue, comme elle l'a dit en revenant, crevée par cet aller-retour express. Taille : 1,06 m, poids : 15 kilos, yeux bleus, cheveux bruns, peau claire, tenue : blue-jeans gris, tee-shirt bleu marine à manches longues et col rond, gilet rose poudré à torsade, doudoune rouge, chaussures lacées en poulain vert. Le portrait du petit homme sec a été placardé, un bonnet sur des lunettes, une bouche sous un col qui monte, un nez pris par une écharpe, aucun signe distinctif, sauf les chaussures marron et vert type Kalandji. L'homme invisible au pas nerveux.

En Thaïlande, Inès a rencontré quelqu'un qui connaît bien le fondateur d'une marque de surgelés et elle pense qu'une opération de grande ampleur est possible. Peut-être pas sur les boîtes de cônes dans les hypermarchés mais au moins sur les tranches glacées. Question de packaging. Elle demande à Carl s'il se souvient, quand ils étaient petits, des tranches glacées noisette-vanille où les deux saveurs ne tranchaient pas assez, du coup le goût était doux mais ennuyeux. « On disait lent. Tu te souviens qu'on disait lent ? » « Lent pour rassurant ? » J'ai encore posé une question. Carl me sourit en surface, il ne va pas au fond devant sa sœur. Il dit « Non, lent pour mou ». Il ne va plus jamais au fond. De toute façon, notre vie amoureuse n'est pas un secret. Le tarot d'Inès a vu que le Diable n'était plus au rendez-vous. L'énergie sexuelle de notre couple est morte. Par contre, Inès a creusé un peu et trouvé une information importante dans ses cartes. Le tirage en croix indique que, dans les trois mois, il va se passer quelque chose. C'est remuant, elle ne sait pas dire exactement ce dont il s'agit, mais il n'y a qu'à regarder les trompettes du Jugement pour voir que ça s'amène. Un indice ? Un dénouement. Le Jugement, c'est bon signe. Elle voit un voyage aussi. Sûrement la Grèce. Ou Iguaçu.

Dans la chasse d'eau de ses toilettes, Inès met du gel bleu. Il recouvre les parois blanches. J'ouvre son armoire à pharmacie. Je n'ai jamais arrêté de chercher, chez elle, l'indice manquant. J'aimerais bien trouver des preuves contre elle. Une tante bien attentionnée ne peut pas s'envoler pour Ko machin sans avoir, au préalable, rappelé son frère qui vient de lui annoncer la disparition de sa nièce. Elle est revenue parce que les gendarmes ne lui ont pas laissé le choix. Et sinon ? J'ouvre doucement la porte des toilettes et je gagne sa chambre. Je n'essaye même plus de marcher sans bruit, je ne prends pas garde au parquet qui grince. Elle sait que je fouine. Elle m'a déjà surprise cent fois. Je regarde sous le matelas, dans la table de nuit, les recoins que j'ai déjà fouillés, et même derrière son miroir que j'explore à l'aide d'une règle plate qu'elle laisse là, peut-être pour me faciliter la tâche. Je redescends sans lui laisser le temps de venir à ma rencontre. Je n'ai plus rien à chercher ici, puisque j'ai trouvé. Ma fille habite en face de chez moi. Elle est rentrée hier soir. Je comprends que ça les étonne. Moi aussi, ça m'a fait un truc.

J'entends que Carl et sa sœur parlent de Géraldine, du bien que peut apporter au village le réaménagement du parc. Carl propose de refaire un dîner, ou un déjeuner, un dimanche, cette fois en invitant Inès. Il sent qu'elle et Géraldine peuvent s'entendre. Il ne me regarde toujours pas au fond, il me prend par la surface. Il raconte sa vérité : nos nouveaux voisins ont deux enfants, dont une fille de quatorze ans prénommée Hélène mais dont les cheveux bruns m'ont fait penser à ceux d'Hortense. Aussitôt Inès prend ma défense, c'est normal de confondre, d'avoir envie de voir et, par conséquent, de voir vraiment. Je dis oui, je dis bien sûr, je dis ce qu'ils veulent. Bertil est sûrement un excellent généraliste, et sa femme ne parle que de cul. On a passé une bonne soirée et en plus on n'a pas pris un gramme parce qu'on n'a pas mélangé le sucre du dessert au gras du plat. Forcément, j'ai refilé tout notre dessert aux enfants.

Inès ignore ce que veut dire donner son dessert aux enfants. Elle n'a jamais eu d'enfant. Elle croit qu'elle s'est trompée en choisissant ses hommes et que c'est à cause d'eux qu'elle n'est pas devenue mère. Quand Hortense est née, j'ai très bien vu son regard. Après, quand j'étais fatiguée, ou énervée parfois, oui, d'accord, énervée parfois, je lui disais qu'avoir un enfant n'était pas une bonne idée. « Le couple morfle », ai-je même déclaré une fois. Deux. Ou trois. Parce que d'accord, Carl se bouge pour coller des affiches depuis qu'Hortense a disparu. Avant, il se bougeait aussi, certes, mais c'était pour rouler loin de nous, à vélo, le plus loin possible comme quand il n'avait personne. Et je me retrouvais seule avec la petite, à m'emmerder à cent sous de l'heure, en regardant mon vélo garé dehors, que je n'avais plus jamais le temps de dérouiller. Souvent je recevais des visites d'Inès qui voulait voir mon bébé de près, l'œil gourmand, à qui je racontais que tout allait bien, jusqu'au jour où je lui ai balancé qu'elle devait arrêter avec ses bouffées d'enfant et qu'elle garde plutôt la nôtre de temps en temps pour se passer l'envie et me soulager. Je lui ai dit qu'assez rapidement, quand elle n'aurait rien vécu du tout pendant un jour complet, rien fait d'autre de son dimanche que chanter des rondes, fabriquer des bonshommes de neige et lire des albums, elle ne serait plus que vide et épuisement. J'ai ajouté que faire un enfant jurait avec ses envies de légèreté, de liberté, de Ko. Du coup elle m'a offert un soin en institut pour que je m'occupe de moi, et Carl en a été très touché. Il a même repris l'expression « s'occuper de soi ». J'étais vraiment en colère quand je suis partie pour Omble en leur laissant la petite pour me faire m'occuper de moi, comme avait dit ma belle-sœur, parce que j'avais envie de tout sauf qu'on me lime les ongles et qu'on me tire sur le visage. J'ai pensé que si j'avais été un homme, je serais plutôt allé voir une pute. À la fin, j'ai été obligée d'acheter un sérum. L'esthéticienne m'a prévenue que je ne devais pas m'inquiéter de sa couleur orange, de sa légère odeur bizarre et qu'il pouvait donner quelques rougeurs éphémères mais que son effet, au bout d'une semaine d'utilisation, était phénoménal, un « booster ».

Quand je suis rentrée à la maison, bien sage après mes trois heures d'occupage de moi, Carl et Inès m'ont demandé « Alors ? » comme si je rentrais de deux semaines aux Baléares. Je suis polie, j'ai donc raconté l'ambiance flûte de Pan dans la cabine de deux mètres carrés qui sentait la transpiration, j'ai remercié Inès encore une fois, Carl pour avoir gardé Hortense. Mais j'aurais préféré parler à une amie ou aller au cinéma. J'ai attendu quelque temps avant de redire à Inès que faire un enfant n'était pas une poésie. Elle, elle trouvait qu'à quarante ans, il devenait idéal de se fabriquer un bâton de vieillesse. Un jour, elle s'est fâchée contre moi parce qu'elle avait lu dans la presse spécialisée que la petite pouvait comprendre mes mots même si elle ne parlait pas encore. « Qu'est-ce qu'elle ressent à ton avis quand elle t'entend dire que la vie est si lourde ? Pense un peu aux femmes qui n'ont pas ta chance et savoure ton bonheur ! »

Voilà ce que je me suis pris. Le 23 janvier 2008, elle était vengée.

Elle a dû râler dans son avion pour Ko Samui, pas assez de place pour les jambes, pendant que le petit homme sec me rendait ma liberté, ma tranquillité. Si ça se trouve, et même sûrement, elle a pu écouter le premier message de Carl mais elle a quand même décollé vers son paradis solaire, se félicitant de s'être évité à vie ce genre de drames en choisissant toujours de mauvais hommes incapables de bâtir avec elle la moindre famille. Elle s'est souvenue de mes phrases et elle a pensé que c'était bien fait pour ma gueule, en haussant les épaules et en réécoutant le message de son frère, en mode avion : « Hortense a été kidnappée au parc d'Omble, rentre vite, c'est l'horreur, on a besoin de toi. »

Je pose un tour de cou en polaire fuchsia et parme sur la table. Inès vient de resservir du café. Je lui demande ce qu'elle en pense. Elle fait parler les tarots mais elle pratique aussi la magie noire. Avant Ko Samui, elle allait au Sénégal. Carl nous interrompt tout de suite, qu'est-ce que c'est que ce tour de cou ? Et moi, je raconte que je l'ai trouvé. Pourquoi veux-tu qu'Inès fasse parler ce col ? À qui est-il ? Il insiste et je n'aime pas quand il prend un ton inquisiteur. Ce tour de cou est peut-être à Hortense, je l'ai trouvé dans la forêt de Miriel et il n'y a que ça qui compte. Je mens bien. Il m'enveloppe de son regard. Finalement pas fâché, pas suspicieux, pas inquiet, juste présent. Inès vole à mon secours, elle ne voit pas où est le problème et, surtout, elle connaît par cœur la Prière pour le retour de l'être bien-aimé. Elle peut me l'enseigner. S'il y a une chance sur dix milliards que ce col appartienne à Hortense, autant tenter l'expérience. Inès étouffe la querelle. Carl ne pose plus de question. Inès m'ordonne de prier treize jours et soirs de suite devant cette moufle, en commençant un vendredi. Elle va écrire pour moi l'incantation à réciter à haute voix mais attention : je dois être sûre de vouloir le retour de l'être aimé car, quand il sera là, je ne pourrai plus m'en débarrasser. Oui, attention, le Saint-Ange, l'intercesseur et les hiérarchiers de l'esprit bienheureux sont prêts à m'écouter mais je dois en retour prier comme il faut. Si jamais Hortense sortait de son trou durant les treize jours, je ne devrais pas pour autant arrêter ce rituel, car ma fille pourrait repartir, et cette fois de manière irrémédiable.

VI

Carl est parti à sept heures moins le quart, comme d'habitude. Hier soir, dans la maison d'en face, Ludo et Hélène sont rentrés tard. Ils ont traversé leur jardin pendant que Carl répondait à l'appel téléphonique d'un déséquilibré. C'est toujours la même chose. On décroche le téléphone et l'interlocuteur nous annonce qu'il a élucidé notre affaire. Pour lui, tout est très clair. On est près de lui raccrocher au nez mais quelque chose nous en empêche, et on l'écoute. Pire, on lui pose des questions en lui tendant des pièges. Généralement, il dévoile l'identité du petit homme sec. Celui-ci s'appelle Éloi Minard, il habite à Jaffre, il est banquier. Il s'appelle Firuz Mazel, il a longtemps travaillé au garage de Venaison. Il s'appelle Père Benoist, il est curé à Jause. Nous avons pris l'habitude de ne plus nous raconter ces appels-là. Mais si l'un de nous est présent quand l'autre répond, il tend l'oreille. Son interlocuteur a dû dire à Carl qu'il avait longuement hésité à appeler mais s'était lancé parce qu'il était sûr de son témoignage. Il a vu Hortense dans un parc d'attractions à Cancún. La petite jouait dans le bassin des dauphins, mais ça, Carl et moi, nous savons que c'est impossible. Nous avons toujours banni les parcs à dauphins. Nous avons expliqué à Hortense qu'il fallait observer les animaux dans leur milieu naturel et qu'un jour nous irions les admirer dans la mer. Carl a continué à tendre l'oreille, mais soudain il a annoncé qu'il allait raccrocher. Il venait sans doute d'entendre quelque chose de rédhibitoire. En ce moment, on note dans les appels une recrudescence de queues de sirène et de licornes dans le ciel. Il ne m'a pas précisé si le dingue du jour avait eu ces mêmes visions, il a juste soupiré en mettant fin à la conversation, et sans doute prié pour que je ne lui demande pas de transmettre cette nouvelle piste aux gendarmes.

J'imagine que Ludo et Hélène se préparent pour l'école. Géraldine a dit qu'ils étaient inscrits en seconde et en troisième, à Omble. Ils vont sûrement prendre le car de sept heures et demie. Je ne bouge pas pour le moment. Je dois être à la Poste à 8 h 30. Je les regarde dans la maison d'en face, petit déjeuner, disparition dans une pièce, apparition dans une autre. Et puis, enfin, j'y vois mieux, la porte s'ouvre et les enfants traversent le jardin en agitant leurs mains. Hortense porte une écharpe grise. Je zoome au maximum avec mon téléphone. Elle tourne la tête, j'attrape son profil. Son nez parle pour moi, et l'ourlet de sa bouche aussi. Je pense apercevoir sa petite cicatrice invisible en étoile. Carl ne pourra pas me dire le contraire, je vais lui envoyer la photo. Non, je vais plutôt passer à l'imprimerie pour la lui montrer. Ce sera bien d'être sur place, de le voir en vrai quand il aura le choc.

Contrairement à Carl, moi, je dis merci le progrès technique parce qu'il y a moins de monde dans l'imprimerie depuis que Jacques et Alain ont été licenciés, alors c'est plus facile d'avancer vers Carl sans autant de regards. Ses collègues ont été corrects avec nous, mais quand nous sommes rentrés tous ensemble sans le moindre indice, après la battue, j'ai senti qu'ils nous en voulaient. Carl prétend que c'est faux, qu'ils étaient au contraire désespérés pour nous, mais moi je pense que ça a été compliqué pour eux de ne pas retrouver notre fille et de devoir admettre qu'ils avaient été nuls. Tout comme cela a été compliqué, pour moi, de ne pas le leur dire, quand les derniers ont marmonné, paupières tombantes, qu'ils rentraient se réchauffer un peu. Ils l'ont cherchée quarante-huit heures sans dormir, a maugréé Carl pour les défendre, et c'était compliqué pour moi de ne pas lui demander de choisir son camp. Et de ne pas lui rire au nez. Quarante-huit heures pour ça ? Pas des flèches, tes collègues.

Carl repousse mon téléphone. Il le fait discrètement, uniquement avec les yeux, pour ne pas attiser la curiosité de Fabrice. Je le flanque plus près de son visage, et c'est tout son corps qui recule devant celui d'Hortense. Regarde son nez enfin, regarde son profil ! Il me dit d'arrêter, doucement, qu'il est en plein rush avec la commande des flyers pour la cascade de glace. En plus, ce matin, la roto a eu un problème, il faut les refaire, les blancs sont trop gris, il essaye de m'intéresser à autre chose : tu imagines la cascade de glace ! Grisâtre ! On en reparlera ce soir, il me le promet, mais il répète que la petite voisine d'en face n'est pas Hortense, que je dois me résoudre à l'idée qu'elle a quatorze ans mais qu'elle s'appelle Hélène et qu'elle est bien la fille des nouveaux voisins, Géraldine et Bertil. C'est normal que je sois chamboulée. D'accord, elle est brune, oui elle rit fort, sûrement même la bouche grande ouverte, il me croit, mais ma tête doit vraiment arrêter de tourner en boucle. Il me parle façon gilet gris, contremaître du sentiment, pars vite, tu vas être en retard à la Poste. J'y vais. Il me raccompagne quand même jusqu'à ma voiture. Il claque ma portière, je baisse la vitre, mais il me conseille de la remonter, de ne pas prendre froid, il neige. Il ne m'en veut pas.

À la Poste, je classe et je distribue les colis. J'ai commencé à l'accueil mais j'étais dépassée par les demandes, alors Linda a proposé de me former, tâche par tâche, jusqu'à ce que je sache tout faire seule et, à terme, gérer entièrement un bureau. Gérer un bureau de poste, merci pour le plan de carrière. Avant, j'étais institutrice. J'avais des CM1 ou des CM2, on partait en voyage scolaire à Paris, à Bruxelles. Linda prend son cas pour une généralité. Elle a trouvé comment aimer travailler à l'accueil de la Poste. Elle a l'impression de jouer à la marchande, comme quand elle était petite et rêvait d'ouvrir une charcuterie et de vendre des betteraves à la ciboulette dans des barquettes alu. Elle aime me raconter ces choses-là. Elle apprécie de se sentir sereine quand elle rentre chez elle, jamais accablée par un souci de travail qui reviendrait aux heures de repos. Avant, elle travaillait chez un transporteur, toujours sous pression, sans parler des heures supplémentaires, et ce rythme a saccagé sa vie personnelle. Quelquefois elle meurt d'envie de me dire avec qui son mari a couché, puis elle se souvient que le village est trop petit pour pouvoir se confier, alors elle la boucle. Moi, je n'arrive pas à m'intéresser à tout ça. Dans le bureau du tri, derrière, je m'autorise pas mal de pauses. Je ne réfléchis pas, je fais le vide, j'attends en fixant le dépliant des curiosités locales, épinglé sur le panneau de liège. Les deux lacs de la forêt de Miriel, dix heures à les sonder, l'un puis l'autre, quatorze chiens, deux équipes de quarante gendarmes. Ils ont commencé dans la nuit du 23 au 24 janvier. À cause de la chaussure retrouvée. Je leur disais que c'était trop tôt, qu'ils feraient mieux de tout axer sur l'attelage à chevaux du petit homme sec. Sur le prospectus, on trouve aussi la route d'Omble et son arbre tricentenaire, qui a sûrement vu quelque chose. Il y a le village fortifié d'Omble, ville haute et ville nouvelle. Le cabinet du dentiste surplombe la ville nouvelle. Le parc de la Cartoucherie, lui aussi présent sur le dépliant, a été fouillé de fond en comble. Les gendarmes sont arrivés quelques minutes après mon appel. J'avais l'impression de ne pas hurler mais une mère de famille a emprunté mon téléphone pour parler plus distinctement que moi et répéter qu'un petit garçon venait de voir ma fille emportée par un petit homme sec. Qui n'était pas le papa. Une dame a couru hors du parc pour tenter de le rattraper, mais rien. Les gendarmes ont appelé les pompiers pour moi, et Carl est arrivé, mais je ne me souviens pas de ce moment-là.

Plus tard, j'ai pensé que je devais me remettre debout, afin de partir à la recherche d'Hortense moi aussi. C'est alors qu'Adrienne est arrivée. En renfort. Elle était sur une autre affaire mais quand elle a entendu le nom d'Hortense dans sa radio, elle a rappliqué aussitôt. Aux pompiers, elle a assuré que ça irait et ils m'ont laissée participer à la battue. J'ai tout de suite pensé à ce chiffre déjà entendu lors des enlèvements d'enfants : quarante-huit heures.

Je ne suis pas retournée travailler. Quand il a été question que je reprenne mon poste, quelques mois plus tard, c'était les vacances scolaires. Je suis allée me promener derrière les grilles de l'école, j'ai regardé ma classe, et j'ai su que je ne travaillerais plus dans celle-là ni dans aucune autre. « Tu es diabétique, tu travailles pas dans une chocolaterie », a approuvé Inès. Pour Carl, ce n'était pas si évident. Enseigner à nouveau pouvait me maintenir, me distraire, les deux à la fois, comme pour lui, imprimer.

Les gens qui viennent récupérer leurs colis préfèrent tomber sur Linda. Je le sens. Comme elle est multitâches, elle est touche à tout. C'est sa formule. Et il est déjà arrivé qu'elle me laisse ruminer derrière le bureau pour ne pas me déranger. Elle sait que me mettre en retrait est ma façon de revenir à moi, d'affronter.

Linda m'appelle parce qu'on me demande au téléphone. C'est l'éditeur. Il se permet d'appeler directement ici parce que je ne réponds plus sur mon portable, ni chez moi : ça fait un moment que je voulais vous téléphoner, Buzin m'a appris, je suis content pour vous. La Poste, c'est romanesque. Je ne prétends pas que c'est un destin – comme si vous sortiez un best-seller –, mais je suis vraiment content que vous ayez trouvé quelque chose.

Je raccroche et je regarde Linda, ainsi que les deux personnes qui attendent un paquet. Elles savent qui je suis, donc elles savent que ma fille a été kidnappée, où, quand, à quelle heure. Elles n'ignorent rien de l'enquête qui stagne. Elles ont vu les affiches et je voudrais leur dire que, bientôt, elles n'en reviendront pas. Je murmure quelque chose à l'oreille de Linda. Elle est d'accord. Elle est toujours d'accord quand je lui demande de sortir m'aérer un moment. Quelquefois, je me demande si elle n'est pas le petit homme sec. Pour être si gentille avec moi.

Je démarre, je roule. Je sais à qui il faut que je parle. J'entends des chiens dans la forêt de Miriel. C'est drôle parce que je n'ai jamais pensé à caresser ceux qui ont participé aux recherches, des bergers malinois, avec le bout des pattes comme des chaussettes noires. Au début, en les voyant à l'œuvre, j'avais confiance. De toute façon, je sillonnais les allées de la forêt de mon côté. J'appelais Hortense. Je lui disais deux choses : Allez Hortense, je sais où tu te caches, viens maintenant, viens vite avant que le soleil se lève, et Allez Hortense, sors toute seule de ta cachette, viens vite avant que la nuit tombe. On était encore dans le cache-cache, nous l'avions juste déplacé. Parfois j'ai dû dire Allez, on va goûter maintenant, j'ai apporté un panier de bonbons. Je craignais que juste pour les bonbons elle ne sorte d'un bosquet et que, faute de panier, elle reparte en courant. Je me tenais prête à courir derrière elle, à la percuter pour la plaquer au sol. Au bout d'un jour, un jour et demi peut-être, avant que les collègues de Carl nous lâchent pour rentrer se réchauffer, j'ai remarqué que les nez des gendarmes avançaient, que leurs peaux devenaient moins lisses, plus velues peut-être, noir et feu. Leurs dos se voûtaient et quand ils cherchaient, à quatre pattes, ils avaient des museaux de chien. Je suis tombée en arrière quand l'un d'eux, dressé devant moi, sa femelle à côté, langue pendante, m'a dit Madame, il faut rentrer chez vous, vous reposer, reprendre des forces, on s'en occupe. Mon père, très beau derrière les deux chiens, faisait de la lumière. On dit phosphorescent je crois.

VII

Adrienne avait quinze ans quand elle a décidé d'intégrer la gendarmerie, à cause de son envie de dépassement. Elle disait « J'aime le roc ». Des phrases plus étranges encore, comme « Ça gaine la précision », « Au moins si j'épouse l'armée j'aurai un mari pour la vie ». Tout à coup, devenir gendarme est devenu son obsession et moi, j'ai fini institutrice. Mon rôle était d'apprendre des choses à des enfants. Adrienne a été mutée en Guyane, puis elle a demandé à revenir à Arneuf, la ville de notre enfance, commune limitrophe des Rousses, qui couvre Omble aussi, les rues d'Omble, les parcs d'Omble, le parc de la Cartoucherie d'Omble. Quand Hortense a été kidnappée, Adrienne a essayé de me rassurer, comme quand elle jouait Franka, la bourgeoise trompée de notre pièce de terminale dont j'ai oublié le titre. Carl sait. Il tient l'inventaire de ma mémoire. Quand nous nous sommes rencontrés, j'étais déjà institutrice mais il détient pour moi tous les souvenirs de mon enfance, et même le nom de mon premier copain. Alban Cory.

Dans le parc d'Omble, le 23 janvier à 17 h 30, je faisais face au commandant Mourguet, pas à Adrienne, et je cherchais une petite étincelle d'amusement dans son œil, cet indice qui me ferait comprendre qu'il ne s'agissait que de théâtre, mais c'était ses yeux froids des drames. Aux premières marches blanches, elle observait de l'extérieur, elle ne s'est pas glissée dans le cortège, car l'assassin ou les complices sont souvent parmi les proches. Et parfois c'est le père ou la mère. La marraine d'Hortense, bien qu'en service, aurait pourtant dû s'écrouler. L'uniforme des gendarmes n'est pas en béton armé. Tout le monde s'écroule. Même un procureur. Le procureur a laissé filtrer son émotion quand il s'est exprimé à la télévision. La petite chaussure de poulain vert a eu du mal à passer la barrière de ses lèvres. Surtout quand il a précisé qu'un lacet manquait. Oui, le procureur a craqué. Tous les quidams reniflent pendant une marche blanche. Adrienne croit qu'elle me soutient, mais moi je la surveille. Un peu.

Aujourd'hui, au lieu de me donner raison immédiatement, Adrienne, à court de questions, m'a demandé comment avait réagi Athos. Je lui ai expliqué qu'il avait flairé sous la porte et remué la queue, mais qu'Hélène Vannier devait encore passer nous « saluer » comme disent ses prétendus parents. Et là, on verrait ce qu'on verrait. Elle a froncé les sourcils, secoué la tête, tapoté sur son clavier, « Hélène tu dis ? Je vais voir ce que je peux trouver sur eux. » Puis elle m'a demandé de calmer le jeu, tout de suite. « Il faut te ressaisir, tu viens trop souvent ici, on pourrait courir dimanche ? » Après, elle s'est reprise, « Tu sais bien que tu peux venir me trouver ici quand tu veux mais évite de quitter ton travail, tu n'es pas bien à la Poste ? Tu as pensé à la proposition sur Venaison ? L'office du tourisme, ce n'est pas exactement le rêve de ta vie, mais il y a du passage. Ça te fera du bien. Je viendrai te voir. »

Je lui ai signalé qu'Hortense avait enterré quelque chose dans le jardin, qu'il faudrait peut-être chercher du côté de cette boîte en fer, et essayer de comprendre pourquoi ce généraliste s'était installé aux Rousses. Mais Adrienne a rebondi sur les aléas du travail. Numerus clausus, carte sanitaire, déserts médicaux. Géraldine chargée du parc, ça n'a pas fait tilt non plus et j'ai demandé à Adrienne si elle ne trouvait pas étrange qu'on vienne encore une fois me parler de parc. En réponse, Adrienne m'a demandé si j'avais une idée du nombre de personnes travaillant dans ce secteur : gardiens, jardiniers, urbanistes, paysagistes. Et puis, tout à coup, elle s'est excitée, parce qu'un collègue lui a parlé d'un violeur récidiviste. De ce côté-là, ils avaient du neuf, une quantité de preuves à charge. Je leur ai souri, même si je n'arrivais pas à suivre, pour ne pas avoir l'air trop négative, parce que je sais comment ils font, Carl et elle, quand je suis trop négative. Ils se téléphonent et s'arrangent pour me reconduire chez le médecin. Grossir à cause des médicaments n'est pas vraiment le problème. Le problème, c'est l'essoufflement. Je ne peux pas me le permettre si je veux continuer à courir autour des lacs et monter au rocher de l'arbre creux, où je peux parler tranquillement avec Hortense.

Bastien Ravot, leur violeur récidiviste, a fait son apparition il y a quelques mois, relançant l'enquête sur la disparition de ma fille. Il y avait eu des cas de pédophilie dans la région et tout concordait vers lui. Quand le procureur a annoncé qu'il était établi que Ravot n'avait aucun lien avec la disparition d'Hortense, il avait les larmes aux yeux parce que, juste avant, il avait décrit les violences infligées par Ravot à certains enfants pendant des années. Carl avait baissé le son de la télévision, j'ai donc allumé l'ordinateur pour les détails que j'ai vérifiés auprès d'Adrienne, qui a téléphoné à Carl pour lui dire que je recommençais à être triste. Ou mal. Ou en boucle. Et de penser au contrôle parental.

Elle a fini par me mettre dehors. « Allez ma belle, il faut te ressaisir là. C'est juste une gosse de quatorze ans qui a la même couleur de cheveux que ta fille, mais c'est nobody. » Elle a regardé la photo sur mon portable, elle a souri, elle m'a répété que non, vraiment, ce n'était pas une preuve, puis elle a promis de passer à la maison le week-end prochain. Elle a ajouté : « Te fais pas de fausses idées ; en amie, pas en gendarmette. »

« Il y a sûrement de la drogue dans cette maison, récupère la boîte cachée dans le jardin. » Adrienne m'a souri comme un gendarme, puis elle a insisté : je devais retourner à la Poste, ce travail allait mal se terminer encore. Enfin, elle m'a reparlé de l'office du tourisme, « juste six mois »... Quand je suis sortie de la gendarmerie, je n'ai croisé que des visages que je connaissais, certains même qui ressemblaient aux chiens renifleurs de restes humains pendant les battues. Des chiens qui n'avaient rien trouvé, évidemment, puisque Hortense n'était pas un reste humain, elle était déjà loin, déjà adoptée par une nouvelle famille qui n'avait alors qu'un seul enfant, le petit Ludo.

Il y a sûrement un réseau d'adoption. Le petit homme sec vole des enfants parfaits pour les vendre à des familles en demande. Le protocole est toujours le même. La victime disparaît d'un bac à sable le lundi, elle est conduite dans un pays *safe* dès le mardi, après une nuit dans un hôtel où le ravisseur l'installe dans une chambre communicante. En

Suisse, l'enfant pleure ses parents puis deux adultes déguisés en prince et en princesse, extrêmement gentils et joueurs, le conduisent dans un paradis pour enfants où les maisons sont en bonbons qui soignent les caries. Là, les couples adoptants viennent le chercher. Le kidnappé n'oublie pas tout de suite ses vrais parents, on lui dit qu'il les reverra un jour puisque la règle est la suivante : pour ses quatorze ans, l'enfant est reconduit tout près du domicile de ses vrais parents. Va-t-il les reconnaître ? On choisit sa famille est la philosophie de la démarche.

Il fait nuit. Carl m'attend à la fenêtre de la cuisine. À l'horloge de la voiture, je lis 19 heures. Je ne rentre pas aussi tard d'habitude. J'ai quitté la gendarmerie à 17 heures mais je suis passée au cimetière. Il ferme lorsque la nuit tombe mais je me cache avant que le gardien passe, ou bien j'escalade le muret. Il fait si froid qu'il ferme sans regarder. Je connais les noms de tous les morts. Je m'assois près d'une fosse encore anonyme, tout au bout, vue sur le Mont-gris. J'ai demandé à Carl si on pouvait acheter l'emplacement pour nous, plus tard, mais il n'a pas tellement réagi. Mourir n'est pas sa priorité. Après, j'ai couru vers l'arbre creux, vite, comme si le fantôme d'Hortense me pourchassait en me pressant de retrouver ma fille.

Quelqu'un joue du piano chez les Vannier, sûrement Géraldine la touche-à-tout. Carl m'attend derrière notre porte, il m'ouvre. Il a mis la table et des fleurs sur la table. On s'est mariés il y a dix-sept ans. Je ne me souviens pas. Je me souviens qu'il y avait mon père, ma mère. Et que nous deux n'avions pas très envie d'être là. Je me souviens précisément des photos, surtout de celle qui est sortie plus tard dans *Paris Match*, quand on coupe la pièce montée. Nous avons la même tête que sept ans plus tard, sur les photos de nous au moment du kidnapping.

Je lui parle tout de suite des voisins. Je n'attends même pas d'avoir dit un mot gentil sur le rôti ou de m'être forcée à plaisanter à cause des patates cramées. Je devrais, mais je suis pressée. Alors je lui raconte ce qui me vient, que j'ai vu Bertil coller une énorme gifle à son garçon. « Oui, je te jure, Ludo a valdingué contre le carreau, j'ai cru qu'il allait passer à travers. » Carl me demande la carafe. Il procède toujours ainsi ; après, ce sera le poivre. Il me laisse vider mon sac sur la violence de Bertil. Il m'assure que s'il était témoin de quelque chose, bien sûr, il ferait un signalement. Il essaye de me parler de la Poste. Est-ce que c'est supportable ou pas ; et moi je parle deux secondes de Linda, une fille sympa. Après, je reviens aux voisins. C'était quand même très violent, cette tarte dans la gueule. Carl ne réagit toujours pas. Il va chercher le gâteau, un cœur aux framboises. Il est tout petit, mon gâteau, dans ses deux grandes mains. Il est tout petit et on le mangera à peine, parce qu'on n'arrive pas à manger des gâteaux sans Hortense. Je me demande s'il n'y a pas des histoires de drogue chez les voisins. Carl me regarde façon gilet gris. Il n'en a pas marre, il réfléchit. C'est sûr. Il pense à la drogue. Sûrement. Il faudrait vraiment que les gendarmes jettent un œil à cette maison. Tu as vu comme Géraldine est speed ?

Le photographe a raison. Carl a changé de visage depuis les photos. J'ai l'impression de dîner en face de son portrait vieilli. Rien ne correspond, ni le poids, plus léger, ni la taille, tassée. Ses dents ont perdu leur éclat, comme si la vie était sortie de lui.

VIII

Un duffle-coat clair, c'est provocant. Ici, on porte du gris ou des couleurs de blousons de ski. Les femmes en violet, les hommes en bleu, rayé blanc et rouge, en vert parfois. Ici, les teintes dépendent des stylistes alpins. Porter un duffle-coat clair, c'est faire passer un message à ses nouveaux voisins. Un message m'as-tu-vu. Oui, je te vois. Les deux enfants ont déjà pris le car du matin et j'ai attendu pour sortir de chez moi. Je voulais la croiser. Je marche au ralenti vers ma voiture pour lui laisser le temps de fermer sa porte et de se retourner. Il neige. Elle porte un parapluie. Duffle-coat et parapluie. Aux Rousses. N'importe quoi. Elle me fait signe et presse le pas pour venir à ma rencontre.

Géraldine est bouleversée, elle vient d'apprendre pour Hortense. C'est à son mari qu'on l'a dit en ville. Elle est désolée. Encore. Elle imagine ce que j'ai vécu. Elle-même, si jamais ça. D'ailleurs, si jamais ça. De toute façon, c'est impossible d'imaginer ça. Je reconnais les mots des autres. Personne ne peut parler devant ça. Déjà Géraldine commence à agiter ses mains, pour me dire « Viens ». Elle s'excuse d'avoir si peu à me proposer alors elle propose tout, un thé de temps en temps, n'importe quoi, du sel par exemple, si j'en manquais, à n'importe quelle heure du jour et de la nuit. Et puis, si j'ai un coup de blues – j'aime bien l'expression –, je ne dois pas hésiter : Bertil est fin psychologue, il sait recevoir les patients en détresse, prendre le temps, sans les abrutir, de les apaiser. J'ai quand même dû sentir une évolution favorable depuis dix ans, non ? Est-ce que je m'habitue un peu ? Sauf aux anniversaires. Évidemment, anniversaires, marches blanches. À un moment, il faudrait avoir le droit d'oublier les dates et de changer son calendrier. Comme c'est joli. Je n'ai jamais songé à quitter le village ? Si, un éditeur me le propose régulièrement. Hamptons. Key West. Aspen. Verbier. Gstaad.

Après, elle court vers sa maison, moon boots roses aux pieds. Je ne sais pas comment elle arrive à conduire avec ça. Elle revient avec un trousseau de clefs. Elle répète N'hésite pas. C'est bien que tu les aies. Imagine un problème en notre absence, une panne de courant ou une inondation. File sans hésiter te mettre à l'abri chez nous. La panne serait vraisemblablement générale et l'inondation n'épargnerait pas sa maison, alors je ne la remercie pas pour les clefs. C'est moi qui lui rendrais service après tout, en bonne voisine, ah si un enfant perdait son trousseau, si EDF passait, ou le Gaz, pour relever les compteurs. On procède tous ainsi par ici. Mais bien sûr, on s'appelle s'il y a quoi que ce soit. Avec Géraldine, nous échangeons nos numéros de téléphone. Elle voit la photo d'Hortense apparaître en fond d'écran et me parle de son visage d'ange. C'est exactement ce que j'ai envie d'entendre. Elle l'a tellement vue sur les affiches, même à Narbonne, qu'elle a l'impression de la connaître. Elle aurait tant aimé être celle qui apporte la bonne nouvelle et appeler le numéro vert. D'ailleurs est-ce que ce numéro sonne directement chez nous ? Elle répète que je peux lui demander n'importe quoi, thé, sel, café, papotage au coin du feu. Ici, elle sent qu'il faut vivre soudés, donc ils sont là. Elle s'assoit dans sa Captur et retire ses moon boots pour chausser des baskets. Sans lacets. Elle les enfile en disant Hop. Puis elle démarre et baisse sa vitre pour agiter le bras.

Au bureau, Linda me prévient que nous allons commencer à installer les panneaux du concours. Chaque année, pendant les deux premières semaines de février, nous affichons les paysages dessinés par les enfants des Rousses. Je dois penser à en parler à tous nos clients. Les enfants déposent leurs dessins avec des montagnes pointues, des sapins, des skieurs parfois, pour ceux qui ne redoutent pas le hors sujet. Même des plages. Le concours est ouvert aux moins de douze ans et le lauréat gagne une invitation au Futuroscope pour quatre personnes. Linda organise aussi une petite fête au bureau, généralement le samedi en début d'après-midi. C'est alors qu'on révèle le nom du gagnant. Linda a cessé de faire voter les habitants parce qu'elle a bien compris que chacun choisissait son propre enfant, alors c'est un jury de quatre personnes qui décide du vainqueur. Linda, Véronique, madame Pesce, notre doyenne de quatre-vingt-douze ans, qu'on déplace avec beaucoup de précautions, et enfin monsieur le maire. La seule contrainte est de dessiner sur les feuilles jaunes spécialement distribuées par la Poste. Ensuite, tout est permis, même les collages, Linda ne tient qu'à l'unicité du support. Je me surprends à poser des questions complètement débiles sur le nombre de feuilles jaunes que j'ai le droit de donner à chaque enfant. Parfois, ils ratent et n'ont pas envie de gommer. Ils aiment recommencer.

Je travaille les lundi, mardi et jeudi matin. À midi, je reste dans le bureau, derrière, ou je change d'air en rentrant chez moi. Récemment, j'ai retrouvé Carl à l'imprimerie. Il a semblé content de me voir arriver. J'avais préparé deux sandwichs, et on les a mangés dehors, un peu plus loin, en se pelant, assis sur une pierre. Carl a essayé de me parler, plutôt de l'imprimerie et d'Iguaçu. Il a dit qu'on devrait reprendre le ski de rando un de ces jours. C'était bizarre, ce rendez-vous de midi, qui prouvait qu'on n'avait plus rien à faire ensemble en dehors des recherches, des peurs, des insomnies. Mais nous étions bien quand même, assis côte à côte. Personne n'aurait été plus logique assis à côté de moi. Quand je lui ai tendu mon sandwich parce que j'en avais trop, il n'a pas posé de questions, il n'a pas dit que je devrais le manger, il l'a terminé et puis voilà. Après je suis retournée travailler. Le soir, Carl m'a dit qu'il avait bien aimé ma visite. J'ai répété la même chose, en sachant qu'il y croyait autant que moi, c'est-à-dire avec déception. Dans le carnet de santé d'Hortense, il y a sa courbe de croissance, taille, poids, tour de crâne, et j'ai pensé à une courbe inventée pour les couples malades, et j'ai décidé que Carl et moi tenions bien dans l'écart autorisé. On se maintient toujours.

Plutôt que de réessayer le pique-nique surprise, je suis rentrée chez moi. En passant devant le cabinet du médecin, j'ai vu qu'il était ouvert. De toute façon, Bertil nous a prévenus le soir du dîner : il n'est pas du genre province, à rentrer chez lui le midi. Géraldine lui a fait les gros yeux, dans une langue à eux, pour qu'il parle autrement devant nous, les deux ploucs.

IX

Personne, aux Rousses, ne peut oublier le bleu des yeux de la petite Hortense. Michel Florent, quand tu t'y mets. Les Vannier n'ont pas encore rangé le matériel de leurs travaux. Il ne faudrait pas que je me casse une jambe en me prenant les pieds dans un pot de peinture. Chez eux, on dirait un magasin de couleurs. Un pot de bleu s'appelle « paon » et un autre « lagon ». Les bleus varient selon les pièces. Géraldine a un problème avec le bleu. Il y a le bleu mers du Sud sur le mur du salon. Sur celui de l'escalier, c'est un bleu Atlantique.

Dans le froid de l'océan, le gros orteil d'Hortense rebiquait. Trois ans avant sa disparition, nous sommes partis aux Sables-d'Olonne. Je ne dirais pas qu'on était heureux, ce n'est pas à ce point-là. On était empêchés, enfin moi, quand Carl courait vers la mer pour nager loin, longtemps, et que je regardais Hortense manger du sable en me demandant quand s'arrêtait l'âge du manger de sable. J'aimais bien être dans la voiture, quand on se déplaçait ensemble, et que je fermais les yeux, avec l'impression d'entendre la respiration de chacun alors qu'en fait, non, c'était plutôt la respiration de tout le monde. Et le cœur de la petite, qu'on croyait battre moins vite que nous, battait davantage puisqu'elle soutenait notre rythme. Plus tard, en 2007, je suis partie seule avec Hortense, à Djerba. On a tout réussi là-bas, sauf que Carl n'était pas avec nous et qu'on savait toutes les deux qu'on n'avait pas le droit d'être si joyeuses sans lui. Pourtant, on était heureuses de vivre sans avoir l'impression de lui peser, d'être en trop, de l'empêcher. On disait régulièrement que c'était quand même nul que papa ne soit pas là. On s'était promis de ne plus jamais repartir sans lui. Et on ne le pensait pas.

Géraldine a choisi des bleus de mers inconnues, des mers portées disparues que seuls les marins rencontrent par hasard. En parcourant leur maison, je me sens comme une navigatrice en quête d'une terre déjà connue. Puisque j'aime la mer, l'éditeur a proposé qu'on file la métaphore dans un chapitre. « L'île perdue », « l'île des profondeurs », en guise de message positif pour ne pas laisser aux lecteurs une impression trop négative, parce que évidemment le thème du livre est lourd mais on trouvera quelques astuces pour instiller des respirations. Fastoche. C'est ma fille qui vit sur cette île, premier étage au bout du couloir. Est-ce ma fille qui a choisi ce bleu plus pétrole qu'outremer pour le mur qui me fait face ? A-t-elle voulu me rappeler Les Sables-d'Olonne ? Sur ses étagères, à droite en entrant, il y a des livres, des carnets, des photos de « famille », du maquillage, des accessoires pour cheveux. Sur son bureau, la pagaille est immense. Ses feutres ne sont plus lavables. Ils ont été remplacés par des Bic à paillettes. Sur des feuilles volantes, elle écrit des espèces d'onomatopées : Zonz, ou un mot qui ressemble. Zonz est même inscrit sur un sac de danse qui contient d'autres sacs et beaucoup de pochettes. Je ne reconnais pas ses peluches. Il y en a trois mais nous ne lui avons jamais offert de peluches comme celles-là, aux grands yeux de zombi. Ses draps sont défaits et, quand j'enfonce mon nez dans son oreiller, j'ai l'impression de le sentir encore chaud. Elle a quatorze ans, elle porte un parfum qui masque son odeur mais je la retrouve, elle, quand même. Les gens disent que leur bébé sent le lait, le pouce quand il grandit. Ma fille sent sa peau, malgré le parfum, un parfum de jeune femme dans un flacon haut, posé sur sa table de nuit avec des bracelets en cordelette. Je dépose son Schtroumpf boulanger dans le bazar d'un coffre en bois près de son lit. Quand elle le trouvera, elle se rappellera les villes champignons qu'elle construisait dans sa chambre, pour son seul Schtroumpf, me demandant sans cesse quand on en achèterait d'autres pour que ça devienne vrai, un vrai village de Schtroumpfs, et pas seulement un Schtroumpf solitaire mélangé à d'autres personnages complètement nuls. J'ouvre sa penderie, il y a des jeans et des pulls, comme avant finalement, mais quelques tailles au-dessus. La vérité, c'est que j'avais hâte qu'elle grandisse. Parfois, je me débarrassais de ses habits trop petits avant qu'ils le soient vraiment. J'avais l'impression qu'on avançait bien, elle et moi, à ce rythme-là. La doudoune rouge qu'elle portait le jour de sa disparition était du six ans. La cinq ans, vraiment à sa taille, je l'avais donnée en me disant qu'on pouvait passer à la suivante. Dès que le vêtement était parfaitement ajusté, je le dégageais pour lui en acheter un plus grand. Je n'aimais pas qu'elle se sente serrée et, surtout, cette idée de progression me plaisait. Peut-être qu'au fond j'avais peur de constater qu'elle grandissait, peut-être que j'aurais détesté ne plus pouvoir fermer sa doudoune, un jour, et forcer dessus jusqu'à la déchirer. Peut-être que ça m'angoissait de voir tout cet âge en trop sortir de mon bébé. Quand elle a disparu, j'ai pu me dire que sa doudoune lui allait encore, qu'elle pouvait la fermer jusqu'en haut, et qu'elle n'aurait pas froid, pendant au moins un an et demi.

J'avance dans le couloir du premier étage, j'entre dans la chambre du garçon. Son bureau est sous son lit, encombré par un ordinateur et des photos. Je ne sais pas qui sont ces personnages, plutôt des superhéros, mais je me dis que Ludo est bien grand pour ces lubies-là. Ce sont des êtres avec d'étranges oreilles. À moins qu'une nouvelle race d'humains n'ait émergé sans que je m'en aperçoive, des humains aux yeux sans pupille, au nez plat et aux oreilles en pointe. Je me suis beaucoup désintéressée de la mode ces dernières années, alors j'ai sans doute loupé des trucs. Quelques cartons sont entrouverts, pleins de livres, de vêtements, d'oreillers, de partitions. Dans la chambre des parents, le lit est fait, avec des draps en lin d'une couleur délavée, lilas, en harmonie avec la coiffeuse au coussin fuchsia. Étrange qu'un homme couche là. L'un des deux ne lit pas, ou bien ils lisent en même temps le même livre, *Adolescence et anxiété*. Peut-être qu'ils se font la lecture, quand le chauffage tombe en panne. Ils se prêtent alors une paire de gants et sortent leurs bras du lit le temps de lire un chapitre à haute voix, avant que l'autre prenne la relève. Dans le salon, il y a des photos de mariage, de vacances. Aucune photo des enfants petits, sauf dans la cuisine, le garçon bébé, dans les bras de sa mère. J'ouvre le frigo. Des Flanby. Avec la languette qu'on soulève sous le pot pour faire glisser le flan dans l'assiette. Comme quoi, on peut changer de cadre de vie et de famille sans rien perdre de son goût pour la glace à la pistache et les crèmes caramel.

Je dois retourner chez moi, bien refermer la porte de la maison de Géraldine et de Bertil. Je reviendrai. Je vais d'abord chercher dans le jardin, au pied de l'arbre, là où j'ai vu Hortense vendredi soir. J'ai pris sa petite pelle mauve pour creuser à mon tour. Je n'ai pas son obstination pour y arriver à mains nues. Je déterre une boîte de galettes bretonnes en fer. Je l'emporte, je regarderai dedans à la maison, je rebouche le trou et je quitte le jardin, mais Muriel m'observe de l'autre côté du portail. « Tu fais quoi ? » demande-t-elle. « J'étais passée leur dire bonjour. » Muriel est bizarre. Elle me demande s'ils sont là. Je dis non. « Mais tu es rentrée chez eux, tu as les clefs ? » Je réponds non. « Mais, pourtant, tu viens d'en sortir ? » Non encore. Je demande si son fils a trouvé une maison. Toujours pas. Je traverse la rue et je l'invite à entrer avec son chien. Athos a encore assez de forces pour jouer un moment avec un copain. Ça lui fera du bien. Elle accepte, puis se ravise. Athos jappe à cause de l'autre chien. J'insiste, mais elle refuse encore d'entrer chez moi. Elle doit retrouver sa belle-fille chez elle. Muriel s'enfuit. C'est très suspicieux, le voisinage. On le croit présent, fidèle, disponible à toute heure du jour et de la nuit, mais non, le voisinage ne tient pas toujours parole. Il arrive que le voisinage ne me supporte plus et batte des mains en espérant que je disparaisse moi aussi.

Au dîner, je devine que Carl a parlé avec Adrienne. Une seule et même voix, ces deux-là. Il dit que si ça ne va pas à la Poste, je peux voir avec l'office du tourisme. Il pense, comme elle, que ça me ferait du bien de fréquenter d'autres visages, ceux d'étrangers en vacances par exemple, qui ne reconnaîtront pas le mien. J'aime la culture, je connais par cœur la région, je saurai renseigner les gens sans problème. Et puis il y a la boutique, de plus en plus fournie en spécialités culinaires et en souvenirs. Ça doit être amusant d'imaginer telle ou telle babiole ou bien d'inventer un nouveau slogan pour les tee-shirts et les casquettes. Je ne m'énerve presque jamais contre Carl, je n'en ai pas besoin parce qu'il sent tout seul quand il délire. Il recule. Déjà, il se retient, il sait que ce n'est pas ma tasse de thé, les casquettes, les inscriptions sur les casquettes. Mais il est quand même certain que ce sera mieux que la Poste en attendant de retourner à l'école, parce qu'il est convaincu qu'aucune autre activité ne peut me convenir. J'étais une bonne institutrice. Ma patience était sans faille, avec les enfants des autres en tout cas.

Carl porte son gilet gris. Du doigt, il me désigne la place vide du canapé sur lequel il m'attend. Il ne me regarde pas dedans mais pourtant, quand je m'assois, il m'attrape par les cheveux pour me coller à lui. Il est bizarre, ce geste-là, mais ensuite Carl ne bouge plus, il respire doucement. C'est comme un câlin du soir avec quelque chose qui se recoud mais on ne sait pas quoi. De toute façon, il nous manque toujours une respiration, au centre, pour caler les deux nôtres.

On sursaute ensemble quand on sonne à la porte. Carl se lève pour aller ouvrir. À chaque fois que la porte sonne, je me prépare à voir apparaître Hortense.

C'est Bertil. Il demande qu'on lui rende les clefs de sa maison.

X

Carl a dit « Je comprends », il a dit « Excuse-moi, excuse-la ». Je suis restée assise sur le canapé sans me retourner. Je ne pouvais pas entendre les deux hommes parler de moi sur ce ton, surtout Carl. « Écoute, c'est juste que ma femme a cru voir une ombre dans votre maison. » Il a soufflé après un long « et ». Alors j'ai mis mes oreilles ailleurs, dans la forêt de Miriel, et Athos a senti que je m'enfonçais dans les racines, alors il est venu tout près de moi. Michel Florent aurait reparlé de la *mère-accordéon*, une de ses dernières trouvailles pour décrire combien j'ai été épaissie puis affinée par le drame. J'ai senti ma peau battre contre moi. J'ai pensé qu'Hortense aurait pu vivre la même chose un jour. Voir son mari gêné par son existence. Entendre son mari parler d'elle comme d'un problème. Je n'avais pas très envie que Bertil s'en aille, que la porte se referme et que Carl m'engueule. Est-ce qu'il l'a senti ? La porte s'est refermée mais il n'est pas venu me voir. Il est d'abord monté dans la chambre, puis il est passé par la cuisine avant de sortir faire un tour. Il n'a pas claqué la porte. Quand il est revenu, il était plus de 23 heures. Il sentait la sueur, il avait marché très longtemps, vite, loin. J'étais toujours dans la forêt de Miriel, cachée dans les ronces cette fois, portée par elles. Alors je me suis enfoncée doucement, et les ronces ont serré leurs bras de plus en plus fort autour de moi.

Je voulais regarder dans la boîte en fer, mais je ne pouvais pas, parce que les bras de ronces serraient toujours plus fort, ils m'avaient à présent transportée jusqu'au rocher rond et j'ai pensé aux bras d'Hortense, j'ai pensé que c'était eux, griffus, comme l'ongle de son gros orteil, qui poussait parfois obtus et de travers. Carl est monté se coucher. Il a continué à se taire et je suis restée sur le canapé, la boîte en fer cachée derrière les coussins. J'ai pensé à la queue du Mickey dedans. Hortense l'a attrapée le jour où j'ai appris que l'amour pour son enfant était un coup de foudre renouvelable à l'infini, avec son cortège d'éclairs et de tonnerre. Elle tenait la queue du Mickey qu'elle venait d'attraper en me regardant. Elle riait, si fière de l'avoir obtenue et peut-être aussi de tout cet amour que je lui balançais vers les yeux, au manège d'Omble. Un amour tellement sûr, redevenu invincible, quand, juste avant, il y avait eu échauffement.

Ce matin, quand Carl est parti travailler, il n'a pas réussi à me dire au revoir simplement. Alors il a traîné dans la cuisine, et il a reconnu au-dessus du lave-vaisselle le dessin d'Hortense que j'avais signé « Hélène ? » cette nuit, pendant l'insomnie. Le dessin représentait deux princesses et une fleur. Carl a tapé du poing sur la table, à tel point que les verres ont tinté, puis il m'a mis le dessin sous le nez, sans faire siffler le papier. Il n'est pas du genre menaçant d'habitude. Vite, il a dû redescendre son bras douloureux, parce qu'il a toujours mal quand il est trop nerveux, et là il l'était trop. Il a même pesté « Ça suffit, je sais que c'est dur, mais ça suffit ». Et puis il l'a encore répété, il n'a pas trouvé autre chose à me dire, même pas « Je te promets qu'on va finir par la retrouver ». Il a répété « Stop » jusqu'à ce qu'il voie autour de mon cou le pendentif avec l'étoile filante de la boîte en fer. Il a demandé ce que c'était. J'ai dit « Rien », puis un mensonge. « Je l'ai acheté à Omble, l'autre jour. » Il m'a donné raison. « Fais-toi du bien. » Puis il s'est approché pour me serrer dans ses bras avec un soupir, le même qu'Athos. Son bras pendait le long de son corps, il avait trop mal pour le monter plus haut. Il m'a demandé de lui promettre d'arrêter ma fixette. Hélène n'est pas Hortense. Et quand il l'a dit, j'ai eu le flash terrible des deux H en début de prénoms.

Dans la chambre des parents de la maison d'en face, il y a des photos de la famille à Moscou. J'ai reconnu la place Rouge. En moyenne section, Hortense avait étudié la Russie et nous avions collé une image dans son cahier. Je lui avais promis qu'on irait. Pendant le dîner, Bertil a parlé de plusieurs expériences à l'étranger, mais pas de la Russie. Il a évoqué les Antilles, « rien à voir avec la France ». Carl a cité des maladies tropicales, la dengue, le palu. Mais ce n'était pas à cause des maladies que tout était différent. « Rien à voir. » C'est le moment où je suis partie dans la cuisine pour vérifier ma fille dans la fenêtre d'en face. Géraldine préfère la France, elle n'a pas aimé s'expatrier, où que ce soit. Pour elle, c'était bizarre. Non, pas le soleil, autre chose, a-t-elle dit quand j'ai posé la question en revenant pour avoir l'air de participer. Elle a frissonné, a parlé de léthargie. Elle nous a demandé si on voyait ce qu'elle voulait dire. Carl et moi avons acquiescé, sans même avoir besoin de nous tourner l'un vers l'autre, alors qu'avant le rapt, nous nous serions peut-être regardés pour retenir qu'il faudrait en rigoler après. Je manquais d'air, mais on s'accordait parfois sur les fous rires.

Ils sont aussi allés à Rome. Ils ne nous l'ont pas dit mais je l'ai vu sur les photos. Les enfants sont petits et on les reconnaît mal, parce qu'ils gigotent. J'ai même cru que l'image bougeait, parce que les parents, très statiques et souriants, paraissaient bizarres. Et puis j'ai éprouvé un doute. Comme si Géraldine n'était pas la même entre Moscou et Rome. Elle avait un visage plus grave, et j'ai pensé que quelque chose était arrivé entre les deux séjours à l'étranger. Il n'y a pas de photo des îles et c'est étrange, parce que les gens cèdent toujours à la tentation d'afficher des photos des îles. Ils se sont rencontrés alors que Bertil partait, donc elle l'a suivi. Leur garçon n'était pas encore né. Le plus logique, puisque j'ai appris à ne pas bâtir de château en Espagne, est que Bertil a acheté Géraldine. Il ne pouvait pas draguer de filles, problème de timidité, d'où sa voix chevrotante quand il a dit à Carl que je m'étais servi de leurs clefs. Donc il a acheté Géraldine. Je ne sais pas ce qui s'est passé ensuite, mais il a sans doute acheté son ventre aussi. Et quand elle n'a pas su donner naissance à leur deuxième enfant, il a acheté son silence et il a volé l'enfant d'une autre.

Ou alors je sais. J'ai mieux. Ce n'est pas très réaliste que Bertil ait acheté Géraldine. Je veux bien qu'ils se soient rencontrés normalement. Je suis même certaine qu'au début ils ont eu envie que ça marche entre eux, mais, à un moment dans leur vie, une dispute a éclaté. Au dîner, Géraldine a parlé d'un clash comme d'un moment décisif de leur vie. Bertil a ri, mais c'était le vin. Grâce au vin, il a pu nous faire croire que le clash en question était une anecdote mais je sens les choses. J'ai appris à les sentir, parce que je suis une mère-accordéon. J'ai, par conséquent, un flair affiné avec le drame. En fait, Bertil était nul, jamais content de son travail, toujours à dépendre de Géraldine sur laquelle il comptait, même quand ses chaussettes avaient des trous. Elle n'a pas supporté de l'entretenir, sous prétexte que ses principes « à la con » l'empêchaient de se lancer dans une spécialité plus lucrative comme les plantes ou la diététique. Elle ne demandait pas un micro-ondes parlant ou un ascenseur dans sa maison, juste de pouvoir acheter ce qu'elle avait envie de manger sans avoir peur de le mettre mal à l'aise avec des envies trop précieuses. Elle est devenue végétarienne. Elle a grossi à cause des pâtes, et le généraliste qu'il était, ni hypnotiseur ni même un tantinet homéopathe, l'a laissée s'engluer dans une vie où tout était mensonge. Elle s'est entendue parler avec conviction du mercure dans le poisson et des antibiotiques dans la viande. Hortense échappera à ce genre de vie si elle ne revient pas. Parfois, je ne peux m'empêcher de penser que c'est mieux. Géraldine a été infidèle, elle a eu une histoire avec le pharmacien ou le dermatologue qui savait faire les rillettes de poule, et elle se gavait en secret avec lui. Devant Bertil, elle continuait consciencieusement à parler de la douleur des poulets de batterie. Et c'est alors qu'ils ont décidé de faire des enfants, mais Bertil était impuissant. Géraldine lui en a voulu. Quand elle le regardait, elle pensait toujours à un sexe nul, médiocre, tout nase, c'était la série de mots qui venait. Pour qu'elle arrête de le prendre pour un nul, il s'est rapproché d'une bande de malfrats, il a commencé à rentrer tard parce qu'il buvait des coups. Entre mecs. Elle l'attendait en rêvant qu'il la trompe pour que ça la relance un peu dans l'amour. Un jour, il est revenu avec une petite fille en doudoune rouge, chaussée d'une seule chaussure en poulain vert, qui a tendu les bras vers le haut en disant maman parce que Hortense s'est souvenue de l'histoire qu'on lisait avant qu'elle disparaisse, une histoire où une marmotte voyait son vœu réalisé à chaque fois qu'elle tendait les bras vers le ciel.

À 15 heures, le médium m'a appelée. Lui, c'est différent des maboules ; j'ai confiance. On a pris rendez-vous avant-hier pour une consultation téléphonique et je lui ai demandé de ne jamais appeler en dehors des heures fixées entre nous, parce que Carl accepte qu'Inès me tire les tarots mais c'est pour lui une activité ludique. Il sait qu'elle ne me dira rien de tragique. Par contre, il ne voudrait pas que je recommence à appeler n'importe quel charlatan. Je l'ai beaucoup fait à l'époque des ossements. On avait retrouvé des restes humains sur la route forestière de Vésineux. Il s'est avéré qu'ils appartenaient à une joggeuse. Je n'ai pas pu attendre les retours de la police scientifique, alors j'ai posé des questions générales sur des sites de voyance : est-ce que ces os appartiennent à une petite fille de quatre ans aux yeux bleus et aux chaussures de poulain vert ? Carl avait raison à propos des réponses abracadabrantes, il ne se fâchait jamais mais il me suppliait d'arrêter, sans mentionner l'argent que je dépensais. Je promettais d'arrêter mais je recommençais, parce que j'en voulais un qui me dise que l'os long appartenait à une tout autre espèce, pas à celle de l'enfance humaine. Au fond, je connaissais la réponse.

Ce médium-là, je lui avais déjà parlé à l'époque de l'os. Et il m'a redonné quasiment mot pour mot sa conclusion de l'époque : votre fille est au Canada. Il la visualise dans la nature, parce qu'il voit de temps à autre passer un renne. Elle est très bien entourée, et jamais dans la souffrance. C'est bizarre mais il semblerait qu'elle a été réincarnée de son vivant en une personne assez similaire, mais heureuse. Était-elle heureuse avec vous ? En plaisantant, il me dit qu'elle a l'accent québécois. Et que la dernière fois qu'il l'a flashée, elle mangeait un pancake. Il se pourrait qu'il ait été recouvert de sirop d'érable. Mais elle ne souffrira jamais de diabète. Elle est en pleine santé.

Carl est rentré, le visage grave et l'épaule gauche vraiment plus basse que l'autre. La journée est passée sans que je me rende compte des étapes du jour. Il n'a plus l'air fâché mais il souffre. Je lui demande s'il a appelé le rhumato d'Omble. Un généraliste ne suffit pas pour son bras. Lors de sa dernière crise, la douleur a envahi tout son dos. Il n'a appelé personne. Il m'indique de l'index une place à côté de lui sur le canapé. Il ne porte pas son gilet gris mais je m'assois quand même. Il se passe quelque chose dans ses yeux qui voudraient que les miens comprennent sans avoir besoin de paroles.

XI

Rémi Jouve est une armoire à glace, donc ça ne colle pas. J'ignore pourquoi Carl se met dans cet état en me parlant de l'enquête. La piste est fausse, comme d'habitude. Qu'attendait-il ? Ce Rémi Jouve n'a absolument rien d'un petit homme sec. Il prétend qu'il a grossi ces dernières années à cause d'une addiction aux boissons édulcorées et Adrienne, qui a assisté à son interrogatoire, a confié à Carl qu'il avait déliré un bon moment sur les méfaits de l'aspartam. Les gendarmes l'ont laissé s'exprimer, souhaitant instaurer avec lui un rapport de confiance. Voici comment les choses se sont déroulées. Rémi Jouve s'est rendu à la gendarmerie jeudi dernier. Il a déclaré avoir tué Hortense et, au passage, être également responsable de la mort de dix-sept personnes disparues, hommes, femmes et enfants, tout cela au cours des quatorze dernières années, et dans toute la France. Son récit du kidnapping d'Hortense épouse exactement celui qui est paru dans la presse. Certes, Rémi Jouve a étoffé son récit, mais il semble totalement improbable que ce type soit le ravisseur de notre fille. Selon lui, ils seraient allés manger des frites dans une fête foraine puis elle se serait cogné la tête sur un manège. Alors il l'aurait cachée dans un trou près du train fantôme, ou près des toilettes. Des trous dans des fêtes foraines ? Les périodes de marches blanches font toujours naître des enthousiasmes que certains ne peuvent assouvir, parfois faute d'ordinateur, pour réaliser un hommage musical. Carl m'épargne les détails que Rémi Jouve, lui, n'a pas épargnés aux enquêteurs. Ils sont actuellement en train de fouiller les abords de la décharge de Venaison où l'homme affirme avoir très profondément enterré le corps d'Hortense. Il est toujours difficile de ne pas s'intéresser à une nouvelle piste mais Rémi Jouve ne leur inspire pas confiance. Il a tout du mythomane. Adrienne nous prévient systématiquement. Elle a promis dès le début de nous dire tout ce qu'elle saurait, au fur et à mesure, sans rien nous cacher, sans nous épargner.

Le bras de Carl sursaute. On dirait un animal malade. Athos réclame sa sortie mais Carl a trop mal pour bouger. Ça le lance dans la nuque, ça lui prend le crâne et tout le dos. Je lui affirme que ce n'est rien qu'une fausse piste. La nuit est tombée. Je sors et je marche avec mon chien vers le cimetière. J'aime bien le haut des murs, *le soir comme un diadème sur une cascade de brume.* Même si les murs sont bas, le résultat est grand. Moi aussi, je peux être lyrique. Je n'ai plus peur de rien, ni des ombres ni des ambiances ni de Michel Florent qui me pète mes souvenirs. J'enjambe. Je suis obligée de porter Athos. Avant, il sautait. Il sautait même tellement haut que parfois je reculais, de peur de recevoir une patte dans la figure. Je reculais aussi quand c'était Hortense qui arrivait dans mes bras, genoux en avant. Un jour, je me suis même fâchée pour dire Stop, pas les genoux, alors elle les a mis sur le côté. Elle n'a jamais recommencé à me cogner dans le ventre.

Athos connaît notre circuit entre les tombes, Jérémie Bias, 6 juillet 1960 - 3 mars 2012, Guillemette Escudéro 1917-2006, Geneviève et Bernard Meyzenq, décédés le même jour, leur sépulture un peu massive, leurs gerbes éternelles en porcelaine, la toute petite tombe d'Olga Garabedjan, « notre ange », celle de Louis Caléti 1975-1998, contre la nôtre. Notre tombe, c'est le grand trou devant le Mont-gris. Il est vide et profond, entrouvert, je vois le fond. Il est surtout bien loin du carré des enfants. Un jour, après le rapt, Carl a dit qu'on mettrait Hortense dans ce carré, elle y aurait sa petite tombe, enfin, elle pourrait y jouer avec des copains de son âge. J'ai déjà eu des hallucinations auditives mais ce n'est pas mon cerveau qui a inventé des conneries pareilles. Des petits squelettes jouant à la courte paille avec leurs cheveux tombés, aux osselets avec leurs dents, au jokari avec leurs têtes. Pendant qu'il parlait, c'est ce que j'ai vu comme hallucination. Le petit corps d'Hortense, énucléé, qu'on venait embêter parce qu'elle avait parfois des soucis avec ses amies. Avant de disparaître, elle n'en avait d'ailleurs plus une seule. La petite Louise avait quitté l'école et Hortense ne voyait plus l'intérêt de s'attacher à une amie pour la voir partir ailleurs. Dans la voiture, en route vers Omble, je lui ai expliqué qu'il y avait toutes sortes d'amitiés, qu'il y avait des amies qu'on ne voyait presque jamais, on se contentait d'écrire ou de parler au téléphone, et c'était quand même des amies. Et puis j'ai proposé qu'elle appelle Louise le soir même pour lui raconter le dentiste par exemple, le petit cadeau qu'elle aurait en sortant. Elle a dit « Non, moi je veux la voir ». J'ai insisté pour qu'au parc elle joue avec d'autres que moi. En descendant de voiture, j'ai insisté pour qu'elle organise, comme avant, un jeu avec d'autres enfants. Mais elle m'a répondu que c'était avec moi qu'elle voulait jouer, qu'elle n'avait plus besoin de quelqu'un d'autre puisque j'étais désormais sa meilleure amie. Elle a précisé qu'elle aurait beaucoup de peine quand je serais morte mais qu'elle ne m'oublierait jamais.

Je n'ai plus parlé à Carl le jour où il a évoqué le carré des enfants, parce qu'il avait l'air apaisé par l'idée qu'enfin, là, elle serait en paix. Plus tard, j'ai repris le cours de notre conversation, et je lui ai demandé s'il se souvenait de la fois où la petite fille au manteau moutarde avait refusé qu'Hortense joue avec elle sous prétexte qu'elle ressemblait à un garçon, de cette autre fois où un petit garçon à qui elle avait balancé du sable dans les yeux lui avait donné un coup de pelle, de toutes les fois où, épaules voûtées et bouche en avant, elle était venue se plaindre de tel ou tel morveux. Et Carl m'a répondu que c'était des querelles d'enfants, jamais des drames, qu'Hortense repartait toujours vers eux le cœur réparé. Il ne comprenait pas pourquoi je parlais de ça tout à coup. J'ai juré qu'elle n'irait jamais dans ce carré, même réduite en poussière, qu'on la garderait près de nous et qu'on ne devrait jamais accepter de l'enterrer sans l'accompagner jusqu'au fond. On ne pourrait pas la laisser seule dans le noir du trou, parce que les fantômes ne hantent pas seulement les cimetières municipaux mais aussi les tombes de hasard, les trous creusés à la hâte, les empilements de roches et de branches, la vase meuble des marais. Carl m'a donné un whisky parce que son gilet gris n'a pas suffi. Il a dit qu'il comprenait ce que je venais de ressentir, qu'on ferait autrement, que tant qu'elle n'était pas morte, elle était vivante, qu'il n'aurait pas dû parler du cimetière. Dès lors, nous n'avons plus reparlé d'acheter une sépulture, la mieux placée, mais je sais qu'elle sera la nôtre un jour, sauf si on nous la prend. Il faudrait que je reparle à Carl. On peut emprunter. Ou bien écrire le livre pour nous offrir cet emplacement. Avec une belle plaque blanche, au ras du sol, et lisse, pour que la pluie y fasse des ronds. Une dalle comme celle que j'ai trouvée idéale au cimetière de San Michele.

Nous sommes partis à Venise quand j'attendais Hortense. On s'est disputés là-bas parce que je pensais tout le temps à Gepetto mais que je le gardais pour moi. Du coup, nous nous sommes disputés à propos d'autre chose, et Carl a mis fin à la querelle en concluant que nos difficultés venaient sûrement de Venise, qui nous en demandait trop. Je l'ai trouvé intelligent quand il a parlé de la ville comme d'une personne, et de nous comme de deux complexés. Il y avait trop de beauté. Il nous a rassurés. Comme Pinocchio sourit quand Gepetto est étonné de le voir marcher.

Athos se couche et je m'assois au bord de la tombe, un pied dans le trou. J'ai l'habitude de rester là longtemps et de lui raconter l'histoire de sa petite maîtresse. À quatre ans et demi, en juin 2008, Hortense a sûrement perdu une autre dent, puis encore une en 2009, vers cinq ans et demi, et ça a été la valse des rêves grâce à la petite souris qui a changé de nom selon les pays qu'Hortense traversait. Agouti, rat musqué, lémurien. Les rongeurs se sont succédé sous son oreiller avec un cadeau ou une pièce de monnaie. L'incisive du haut, repoussée en arrière après la chute d'Hortense sur sa corde à sauter, devait lui être arrachée à Omble le 23 janvier 2008. Elle a évidemment fini par tomber, laissant la place à une dent rebelle, forte mais oblique. Pas grave. Depuis, Hortense a un sourire qui n'appartient à personne d'autre, avec une quenotte légèrement à cheval sur sa voisine, curiosité dont personne n'a tenu compte sur son sourire vieilli de la photo vieillie parce que ma lubie de mère-accordéon n'a été entendue par personne. Adrienne m'a dit qu'elle comprenait mon imaginaire, la petite dent, le respect de cette petite dent, sa légende, mais qu'on n'enquêtait pas seulement avec l'imagination. Je n'enquête pas, je vis. Au rythme de ma fille qui a eu 5 ans trois quarts le 5 septembre 2009 et lit désormais très bien l'heure sur sa montre à aiguilles roses, au bracelet décoré de couronnes et d'étoiles. Elle sait qu'on lui ment quand on lui dit qu'il est temps d'aller se coucher parce qu'il est tard. Alors elle dit aux gens qui la gouvernent, l'exploitent – non, personne ne l'exploite, puisqu'il y a le pays *safe* des enfants *safe* –, elle dit aux gens qui l'aiment comme des parents aimants qu'ils ne devraient pas mentir ainsi, que leurs nez s'allongent, parce qu'elle a revu *Pinocchio*, le dessin animé regardé ensemble quelques jours avant sa disparition. Je ne voulais pas le voir, raison personnelle liée à un grand mystère, sans doute une malédiction. En effet, je me souvenais d'une adresse mail de Carl, adresse bizarre contenant le mot Gepetto. Quand je lui avais demandé ce qu'était ce nom d'emprunt, il n'avait rien répondu, ou plutôt il avait répondu « Rien ». J'ai admis que ce n'était rien mais j'ai mis quatre ans à accepter de regarder Pinocchio parce que j'avais peur que la petite n'en parle ensuite avec Carl, et que Gepetto, qui n'était rien, émerge de ses souvenirs et lui rappelle quelque chose. Et puis, un jour, que Gepetto soit quelque chose ou quelqu'un m'est devenu indifférent, et j'ai décidé qu'Hortense verrait *Pinocchio*. On s'est assises toutes les deux devant la télévision et on a regardé. Carl a souri, pas au fond, juste content de nous avoir sous les yeux, assises là, comme une vision chaude extraite du blanc qui se fixait dehors, dessous. Gepetto est redevenu ce qu'il devait être, un sculpteur sur bois. Carl ne se sert plus jamais de l'ordinateur, sauf pour fabriquer des affiches. Peut-être que c'est moi qui ai inventé cette drôle d'identité, moi qui ai inventé qu'il écrivait à des gens sous un faux nom. Gepetto n'a peut-être jamais existé. Ces choses-là ont eu si peu d'importance après. Je n'ai jamais rien éprouvé d'autre depuis le rapt d'Hortense que son absence. Son absence a comblé tout mon ressentiment, à commencer par la jalousie. Un jour, je l'ai regardée balancer son petit cochon contre un mur parce qu'elle ne parvenait pas à lui enfiler sa chemisette et son tablier, et j'ai aimé la voir furieuse, se débarrassant des choses si facilement. En mars 2010, à six ans, elle ne s'est pas laissé faire quand un camarade d'école l'a accusée d'avoir copié. Pour se venger, elle est devenue tête de classe. Elle n'avait déjà plus de petites roues à son vélo.

Elle a beaucoup pensé à moi le jour de ses sept ans, 5 décembre 2010, parce qu'elle s'est rappelé que nous lui avions promis un voyage dans le pays qu'elle choisirait, celui des Esquimaux ou celui des marmottes, celui des kangourous ou celui des licornes. Elle a pensé à moi mais elle n'a pas été triste parce qu'elle savait que nos deux cœurs se parleraient à jamais, même sans le son. Elle s'est mise à dessiner des loups, museaux vers le ciel, des cieux pleins d'étoiles, des étoiles sur ses bras, sur son sac à dos et sur sa trousse. En septembre 2014, elle a aimé la sixième et a employé le mot « liberté » pour la première fois, parce que ses nombreux professeurs lui avaient donné une sensation d'ouverture. Elle s'est sentie grande, elle m'a reconnue dans le miroir en se regardant. Elle s'est souri, contente de sa dent particulière, sans savoir qu'elle ressemble à la mienne, sans savoir que je l'ai cognée moi aussi contre le montant du lit un jour où Carl me regardait, profondément, dans le dos, et où je n'ai pas supporté qu'il dise que quelque chose venait, comme si entre nous tout pouvait continuer pareil, la profondeur des choses. J'ai cogné vers l'avant pour qu'on s'interrompe. Je ne voulais pas qu'on parte ailleurs, j'avais peur qu'on n'en revienne pas, et pire, d'y arriver, si peu de temps après sa disparition, quelques semaines je crois. Deux parents dans un lit, pendant que le petit homme sec. Je voulais que ma fille ne connaisse pas le fond de certains hommes. À chaque fois depuis, je cogne. Je vais dans le blanc. Je préfère le blanc aux fausses couleurs, il n'y a pas plus dégoûtant que le chatoiement de la vie qui reprend. Carl met sa main sur ma bouche, mais plus maintenant. Maintenant il dit qu'on verra plus tard, que ça n'a pas d'importance. Il ne regarde plus au fond. Il s'est excusé pour la dent.

Il est dépassé, votre portrait, vous n'êtes plus la même femme, même vos dents ont changé depuis le premier, insiste le photographe.

Athos relève la tête et me regarde. Il veut qu'on le conduise jusqu'à sa petite maîtresse, mais je ne sais plus rien, tout est flou, je ne sais rien depuis que j'ai fermé les yeux pour compter jusqu'à 27, je ne sais rien que toutes les images qu'elle a emportées. Je cherche encore sa tête dans son bonnet doux. Je voudrais qu'elle soit tombée par terre avec le bonnet, afin qu'elle n'ait vécu ni la torture ni la peur. Athos me fait signe qu'on y va. J'ai envie de marcher dans la forêt, de dresser la carte des taillis, des fossés, des grottes et des carrières. Chaque jour, je rêve qu'Hortense est allongée au pied d'un arbre dont les feuilles la protègent des prédateurs et des magnétiseurs. De la meute de ses poursuivants. J'aimerais qu'elle dorme en paix.

XII

Malgré sa douleur paralysante à l'épaule, Carl m'a accompagnée à l'exposition de la Poste. Muriel ne nous a pas tenu la dragée haute et Carl a été satisfait de voir que mon faux pas était oublié, que nous avions la chance d'être entourés de gens compréhensifs. J'imagine que j'aurais dû être la première satisfaite, moi qui n'ai jamais été écoutée ni suivie par personne. Moi qui contre moi-même ai quand même eu le cran de dire « D'accord, oui, je m'excuse, c'est encore l'imagination, cette salope ». Cet aveu bidon m'est tombé dessus mais il s'est désormais envolé et ne reviendra pas. Cet aveu bidon, c'était pour m'assurer que j'étais une mère d'enfant disparue accomplie, et je l'ai dit en me blottissant contre Carl alors qu'il n'avait même pas son gilet gris mais son pull à zip. J'ai compris que je devais garder mes idées pour moi, parce qu'ils sont tous complètement contre et qu'avec le départ du docteur Georges, ils risquent de m'envoyer directement sur Venaison, chez le psychiatre. Muriel m'a parlé normalement alors qu'elle savait pour les clefs d'en face. Ils savent tout, tous, mais ils me pardonnent. Un petit homme sec a enlevé ma fille il y a dix ans et n'importe qui à ma place marcherait de travers. N'importe qui à ma place donnerait des coups de tête dans un congélateur qui rend l'âme alors qu'il contient le dernier bonhomme de neige d'Hortense, protégé des odeurs de viande par un sac plastique. N'importe quelle femme voudrait se reposer sur l'épaule de Carl, même douloureuse, quand elle ramasse le sac plastique gonflé d'eau sale et le replace au congélateur en espérant que le bonhomme reprenne de lui-même sa forme. Hortense savait qu'à l'école j'avais déjà étudié la neige avec mes élèves, mais avec elle je faisais moins d'expériences, je mettais moins de cœur à l'ouvrage. Je lisais volontiers des histoires, mais jouer, c'était différent.

La mère-accordéon, a écrit quelques jours plus tard Michel Florent, décidément très content de sa trouvaille, la mère-accordéon regarde les dessins affichés sur les murs de la Poste. Elle est la seule à savoir que le dessin signé « Hélène ? » appartient à Hortense. Elle pensait déclencher une réaction mais personne ne fait attention à rien, et ça n'a plus d'importance. On proclame le nom du lauréat. La mère-accordéon ne sait même plus ce qu'elle espérait en écrivant le prénom d'une enfant sur le dessin d'une autre. Une lueur de terreur dans le regard de Géraldine, comprenant que les voleurs d'enfants sont démasqués. Tout va bien ? me demande Carl qui se fout éperdument du lauréat lui aussi. Je veux qu'il croie que oui. Tout doit rentrer dans l'ordre. Sinon, il me surveille trop. Je veux reprendre ma liberté et pouvoir contempler ma fille, en face. Ce n'est peut-être pas elle, je veux bien l'admettre, du moins je veux bien essayer de me convaincre, mais j'ai besoin de preuves maintenant. Trop facile sinon. Buzin m'a déjà raconté que des enfants enlevés étaient revenus un jour. Récemment, il m'a relaté le cas au Danemark d'une petite disparue douze ans plus tôt, et qui est réapparue. En bonne santé. Pour une fois, c'est Carl qui a grogné sur Buzin, en disant qu'il n'aimait pas ces histoires à happy end qui venaient me mettre de faux espoirs dans le crâne.

Adrienne doit passer à la maison dans l'après-midi. Quelquefois, je ressens le début d'un élan gai pendant lequel j'imagine un menu, une espèce de fête, comme avec Hortense, le soir, quand je terminais l'école en allant la chercher et en imaginant le repas qui lui plairait. Quand Carl partait faire du vélo et qu'on s'asseyait toutes les deux sur le canapé pour un plateau-film, ou un plateau-filles, je m'étais imaginé une fête mais la soirée n'y ressemblait jamais. Ce n'était pas grave mais un peu désespérant. La faute à Carl. La tristesse finissait toujours par gagner à son tour Hortense. Et parfois, son plateau finissait à terre. Je détestais nettoyer pendant le film mais je me contenais en voyant les yeux rougis de ma fille, et ces curieuses marques rouges, comme des plaques d'eczéma ou les traces d'une gifle sur ses joues. L'amour absolu reprenait le dessus. La fête avait lieu. Il y avait eu l'élan joyeux des soirs de joie.

En fait, Inès arrive directement à la Poste. Elle parle d'une voiture accidentée entre Omble et Venaison. Elle s'arrête parce qu'elle se souvient que le fait divers a sur moi un impact particulier. Logico-délirante, avait dit le docteur Georges, suggérant qu'on m'épargne les effets d'annonce qui entraînaient trop de pensées en cascade. Je n'écoute pas, je regarde Franck et Alexandrine, deux adolescents dont j'ai été l'institutrice et qui me font un sourire discret. Je ne leur en veux jamais de ne pas m'approcher davantage, ni aux autres. Je sais qu'une mère-accordéon fout les jetons. J'ai perdu le souvenir des jours d'école. Pourtant, mon travail n'était pas pesant, il était le contraire des pieds de plomb que j'avais parfois pour m'occuper de ma propre fille. Je pouvais surveiller vingt-cinq enfants avec patience et plaisir et trouver soudain beaucoup trop de présence à ma seule Hortense. Pendant qu'Inès se ko-baignait puis ko-rentrait de voyage, j'ai espéré qu'elle oublie toutes nos discussions où je la consolais de ne pas avoir d'enfant, avec des arguments imparables. Et pourtant elle m'a défendue quand on m'a soupçonnée d'être l'assassin de ma fille. Une rumeur s'est répandue et l'éditeur a voulu en profiter : pour la faire taire, il fallait évidemment écrire le livre. En effet, un journaliste avait émis des réserves sur ma version. Le témoignage du petit garçon au bonnet péruvien était-il fiable ? Cet enfant avait livré beaucoup de versions différentes, expliquait ce journaliste. La petite fille criait, ne criait pas, suivait, ne suivait pas, tendait le bras vers l'arrière, marchait, avait les pieds en l'air, avait perdu son bonnet, l'avait jeté. Si ça se trouve, avait-il claironné, le parc était vide. La mère s'y est rendue seule et elle a appelé au secours alors qu'elle avait déjà dissimulé le corps de son enfant.

Ça ne tenait pas debout, il y avait des témoins avec moi, deux femmes qui m'avaient vue m'effondrer ; la mère du petit garçon et une grand-mère qui portait chaque jour du pain aux oiseaux. Certes, mais elle est complètement gâteuse, affirmait le journaliste : qu'elle me montre un seul oiseau, ici, en décembre ! La rumeur était née, instillant le doute dans quelques têtes qui commençaient à regarder les avis de recherche différemment, avec compassion pour Hortense, mais suspicion envers moi ; moi qui aurais tué ma fille dans un mouvement de colère, sans le préméditer forcément, entre la sortie de l'école et l'appel aux gendarmes. Pour Inès, mes accusateurs étaient pires que le kidnappeur.

Je n'avais pas le courage d'approcher Géraldine et Bertil, alors je leur ai dit bonjour de loin, en agitant la main, et ils m'ont souri. Gardons nos distances, même si on pardonne. Je comprends. Je n'étais peut-être pas tout à fait normale l'autre jour, pas tout à fait moi-même, ou bien j'étais ce moi-accordéon que Carl n'aime pas. Ludo et Hélène viennent d'arriver. Je regarde Hélène et je ne vois plus rien. Ma fille est ailleurs. Elle a eu sept ans le 5 décembre 2010 et goûté aux joies de la baignade. Elle sait nager le crawl mieux que moi qui nage comme un fer à repasser. Elle adore l'eau, elle est capable de parcourir un labyrinthe en apnée, elle connaît le mot, elle sait l'écrire. Elle plonge très bien, ne prend aucun risque, elle ne fait pas comme les enfants de son âge qui sautent trop près des rochers ou dans des endroits peu propices à ce genre d'exercices. Toujours aux aguets, elle veille à n'être pas poussée. Elle surveille les mains qui pourraient s'approcher d'elle, la surprendre. Là, elle sursaute. Non, c'est moi.

Adrienne vient de me taper sur l'épaule. Elle tient une boîte de gâteaux dans les mains. Ça ressemble à la fête imaginée, celle du week-end des autres, avec l'esprit joyeux et le regard au fond, chez les couples amoureux. Je monte dans sa voiture et nous suivons Carl jusqu'à la maison. Adrienne me demande si je suis allée à l'office du tourisme. La Poste ne va pas me tirer vers le haut, même si j'ai l'air en forme, d'ailleurs je me sens comment ? Je lui renvoie la question. Elle sourit en coin. Il y a quelqu'un dans sa vie. À chaque fois qu'Adrienne a quelqu'un, je me demande comment elle fait pour tomber amoureuse alors qu'Hortense a disparu. Adrienne le sent parce qu'elle rate toujours ses histoires d'amour. Je pense qu'elle n'imagine pas me proposer d'être son témoin de mariage comme, jadis, elle fut le mien.

Témoin de l'envol des ballons blancs vers le ciel, comme des promesses de ventre rond. Quelqu'un a fait le parallèle dans un discours. Peut-être Thomas, le meilleur ami de Carl, qui s'est éloigné avec le temps. Il est venu nous voir juste après la battue. Il habitait déjà à Alès. Il est venu quand même et il a dormi chez nous. C'est lui qui nous a mis en relation avec son copain avocat, Buzin. Moi, j'ai tout de suite appelé Buzin le curé, à cause de son ton de défenseur de la veuve et de l'orphelin. Thomas, lui, était du genre silencieux, il parlait surtout avec les mains qu'il passait dans le dos de Carl, dans le mien et dans celui d'Adrienne, même si leur passé commun avait du mal à passer. À notre mariage, ils avaient fini ensemble. Les deux meilleurs amis qui tombent amoureux, c'est très bien tombé pour les vacances suivantes, tous ensemble dans un gîte du Verdon. C'était bien parti pour le bonheur et, quand j'ai annoncé que j'étais enceinte, Adrienne a regardé Thomas avec une idée derrière la tête, et Thomas a pris son idée pour de l'espoir, ce qui lui a mis la pression. Il l'a quittée après les vacances. Il avait envie de le faire pendant, mais il avait confié à Carl que ça le gênait de nous pourrir l'ambiance. Carl m'en a parlé le soir même et j'étais triste pour elle, allongée dans la chambre d'à côté. Je me répétais que nous, au moins, nous étions vraiment bien, tout en me demandant si j'étais sûre de ça. J'étais peut-être déjà enceinte, et pas très assurée de Carl cet été-là, quand il partait le matin avec Thomas et que je le voyais s'éloigner, heureux de sa liberté, que j'enviais. Loin devant moi, déjà soucieuse du bébé.

Le copain d'Adrienne est flic. Elle dit elle-même que c'est un sacré défi parce que gendarmes et flics se tirent la bourre. Ah bon ? J'essaye de me réjouir et de faire en sorte que ça se voie. Comme me l'a fait observer la psychologue, le sourire est un indicateur. Trouver un moyen d'aimer au moins une petite partie de ce qui se passe autour de soi. Après tout, un enquêteur de plus sur l'affaire ne serait pas du luxe. Adrienne ne s'attarde pas sur son nouvel amour. Elle revient à moi : où en suis-je avec les voisins ? De son côté, et sans enquêter vraiment – elle a ses indics dans le village –, elle a appris que Géraldine avait fait une fausse couche en 2002, une petite fille, à huit mois de grossesse. Son but n'est pas de nous rapprocher, juste de me signaler que Géraldine a vécu elle aussi des moments très difficiles, et qu'elle n'est pas mon ennemie. Et puis tiens, Alban Cory l'a appelée.

XIII

Adrienne a passé l'après-midi avec nous et quand elle a voulu partir pour rejoindre son amant, Carl m'a encore regardée au fond, sûrement pour me parler d'un enfant. Alors j'ai proposé que le type d'Adrienne nous rejoigne. Elle était heureuse de cette promesse de fête. Moi aussi, à nouveau. Nous les avons invités à dîner. J'étais contente pour Adrienne, et aussi pour Carl, rassuré que la petite d'en face ne soit plus à nous et que j'accueille si facilement le copain d'Adrienne. Je me suis même autorisé une blague sur le barbecue, « allez il pleut, on le fait dans la cuisine ». Les yeux de Carl n'en ont que pour moi, son rire aussi, même pas forcé. Comme quoi, l'amour. Je suis soulagée que mon Hortense ne connaisse ni l'empressement de l'amour débutant ni la tendresse de l'amour usé.

En face, c'est grand ouvert et tout allumé, et je suis sûre que Géraldine, quand elle n'est pas au piano, passe parfois devant ses fenêtres en regardant chez nous. Mais je m'oblige à regarder ailleurs. Carl raconte qu'on pense à reprendre la rando et qu'on pourrait sortir tous les quatre un jour. Les week-ends à pont de mai ou de juin par exemple, parce que le copain d'Adrienne est en poste assez loin, à Fontex, le chef-lieu. Adrienne est heureuse que ça passe bien entre son flic et Carl. Elle sait que je ne peux plus vraiment entrer en relation avec quelqu'un, parce que je n'ai plus aucun avis sur rien. Oui, je me fous complètement de la vie des autres, et même de mon amie d'enfance, mais elle me pardonne. Et si je ne trouve jamais rien à lui dire sur les hommes qu'elle choisit, c'est parce que je ne me sens pas concernée. Comme l'a dit Carl, une seule fois, le jour de sa colère gigantesque, je ne ressens rien d'autre que l'absence de ma fille. Et il s'est fâché le jour où j'ai manqué son désarroi. Il s'est fâché parce que, juste après la disparition d'Hortense, j'ai pris un chocolat avec Alban Cory et je dis bien « chocolat ». Parce qu'« un pot » ou « un verre » je ne l'ai jamais dit, même à Alban. J'aurais trouvé dégoûtant de prendre un pot alors que je revenais d'un jogging près de l'arbre creux et qu'à chaque foulée je croyais toucher des ossements, certains récents, d'autres anciens, les deux, comme si on l'avait tuée en plusieurs fois. Carl a su pour le chocolat avec Alban Cory, il fallait bien dire un mot à la place de « pot », et ça l'a rendu furieux, mais moi je ne pensais pas à mal. J'ai revu Alban parce qu'il était évident que si je renouais avec mon passé, je serais obligatoirement replongée dans une époque où je n'avais pas encore d'enfant. Le problème, c'est que Carl ignorait que je connaissais Alban. Carl n'a aucun ennemi, à part le petit homme sec. Et Alban Cory. Pas de chance. Une sale affaire les a séparés, un placement financier complètement foireux, et Alban Cory ne s'est jamais excusé d'avoir poussé Carl à investir. Carl n'a pas pardonné parce que Alban n'a jamais pris son parti, il s'est même volatilisé un très long moment en pleine bagarre, à tel point que Carl a pensé qu'il s'était bien rincé lui aussi.

Ce n'était vraiment pas le genre de Carl de placer de l'argent, il n'avait presque aucunes économies, et Alban Cory l'a mis en relation avec un certain Ris Mélas. Le nom aurait déjà dû le dissuader, mais Carl a tenté le coup. Il s'est donc retrouvé avec une studette à Chappes, dans le Nord, un locataire qui lui versait un loyer mensuel, et pas d'impôt, le tout sans avoir encore déboursé un centime. Sauf que c'était une escroquerie. Je doute pourtant qu'Alban ait touché quoi que ce soit. Il est seulement un peu lâche, il n'a pas eu envie d'affronter Carl, alors il n'a jamais répondu à ses appels et Carl a fini par aller chez lui. Alban l'a carrément envoyé sur les roses et ils ont failli en venir aux mains alors qu'avec Carl, normalement, c'est jamais les mains. Il ne lui a pas pardonné, je crois même que dès le premier jour de notre rencontre, il a mentionné Alban Cory, cet escroc. J'ai donc gardé mon passé pour moi. Quand Hortense a disparu et qu'on nous a demandé si nous avions des ennemis, Carl a suggéré aux gendarmes d'enquêter de ce côté-là. Carl ne savait pas que je connaissais Alban depuis ma jeunesse. J'ai pourtant accepté ce « chocolat » parce qu'il m'a appelée pour me souhaiter du courage, après son interrogatoire. Lavé de tout soupçon, il comprenait que Carl ait donné son nom. Il avait toujours été mauvais garçon mais je savais que ça s'arrêtait aux tatouages, au petit anneau dans l'oreille, au blouson de cuir marron et aux bottes de motard déglinguées.

Ça t'excite ? C'est ce que m'a dit Carl dès qu'il a su que je connaissais Alban depuis longtemps, avec ce mot que je croyais impossible dans sa bouche – exciter –, trop agressif pour moi qui répétais pardon, c'est le passé, une époque où la petite n'existait pas. Mon cul, a pesté Carl, je l'accuse et tu le consoles ? Là aussi, cette vulgarité était invraisemblable chez Carl. Après, il a convenu que le coupable n'était pas Alban, qui n'avait rien caché aux gendarmes, mais quand même, j'avais accepté un rendez-vous avec un escroc, son seul ennemi. Et pourquoi ? Parce que, comme le révélait le dossier, Alban Cory était mon premier amant. Ridicule, j'ai dit entre mes lèvres, en même temps que Carl. Il était furieux que je ne le lui aie pas dit avant, dès qu'il m'avait raconté l'escroquerie, mais son humeur est rapidement redescendue, parce qu'il avait des affiches à faire. Froidement, il m'a juste fait remarquer que je venais de manquer l'occasion que la vie me donnait d'être à ses côtés. Alors c'est moi qui suis partie dans la colère : « l'occasion », tu parles de quoi ? Quelle occasion ? En effet, depuis la disparition d'Hortense, Carl était là le soir, les week-ends, avec moi, alors qu'avant, je les comptais, les fois où il était rentré quand je la couchais.

Carl et moi n'avons plus reparlé d'Alban Cory et je n'ai plus repris de chocolat avec lui. Il a appelé pour prendre des nouvelles mais je ne lui ai jamais répondu. Il a fini par relancer Adrienne. Elle m'a expliqué qu'il avait pitié de moi. Alban était père d'une petite fille et il était heureux qu'elle ait été épargnée. Moi je ne me suis jamais réjouie pour les enfants d'autrui. Je n'ai jamais voulu qu'Hortense devienne un symbole ou une consolation. J'aurais pu créer une association, accepter qu'on donne le prénom de ma fille à un groupuscule de parents orphelins. « Pour l'amour d'Hortense », comme mon futur best-seller, sauf que, non, je n'ai donné ma fille à personne et j'en veux aux autres enfants de ne pas avoir disparu à sa place.

Quand Adrienne et son flic sont partis, le piano d'en face jouait piteusement *Jeux interdits* et Carl m'a de nouveau regardée presque au fond. J'ai trouvé que ces regards se rapprochaient les uns des autres, au point d'en former un seul, persistant, une sorte de chaîne aux maillons vraiment épais. Je l'ai même sentie autour de mes poignets, comme si j'allais être bonne pour le profond. Il m'a murmuré de dire oui, mais dans ses prunelles excitées, je n'ai vu que les yeux du médecin qui avait utilisé la méthode dite chirurgicale pour évacuer le bébé que j'attendais, en 2015. J'étais enceinte de douze semaines. Quand je l'ai compris, j'ai tout organisé, seule. J'ai voyagé jusqu'à Joix en faisant croire à Carl que j'avais besoin de voir du pays. Soixante kilomètres. Juste ça. Aller-retour dans la journée. Il a été content que je m'aère. Notre bébé, je n'en voulais pas, mais le lui dire était trop compliqué. Pendant toute l'aspiration, j'ai pensé à ce que j'allais faire le soir. Ça ne m'arrivait plus jamais de prévoir le dîner alors que pour Hortense, je prenais soin d'y réfléchir dès le matin, après avoir lu le menu de la cantine. Elle aimait bien qu'après un déjeuner équilibré à l'école, je déclare ouverte la soirée pizza. Ses yeux s'agrandissaient comme si j'avais annoncé quelque chose de faramineux. C'est cette plénitude que Carl ratait en pédalant pour « garder la caisse ». La joie brute et les mots. Je les partageais quand il revenait. Il s'extasiait sur tout, mais il était bien content de s'en tenir au strict résumé. La soirée lui aurait fait trop. Une synthèse, ça rentre sur une affiche. Taille, poids, couleur des yeux. Pas besoin de plus. Si j'avais dû rédiger l'avis de recherche, j'aurais détaillé, j'aurais écrit qu'on avait acheté les chaussures de poulain vert à Omble, trois tailles de trop, et qu'on avait attendu le moment de les porter en les caressant de temps en temps dans leur boîte, au fond du placard. J'aurais précisé qu'Hortense ne savait pas encore faire le nœud à oreilles des lacets mais qu'elle était capable de soulever la languette pour y glisser son pied, sans aide. J'aurais parlé de son pull à torsades rose poudré, que j'ai choisi parce qu'il faisait bébé et que dans mes bras il avait la matière d'une toute petite brassière. Son jeans gris, au contraire, lui donnait un air de grande fille et elle en était fière parce que c'était son premier. Sur son tee-shirt bleu marine à col rond, il y avait des moulinets. C'est ainsi qu'elle appelait les revers aux manches. J'ai profité des regards de Carl et de son rapprochement insistant pour lui annoncer que j'allais faire le livre. Il n'a pas moufté. Il n'arrivait pas à remonter du profond pour s'opposer à quoi que ce soit. Sans doute à contrecœur, il a lâché : si ça te fait du bien, vas-y.

Le dimanche suivant mon avortement, j'ai participé aux « Dix kilomètres pour Hortense », et je n'ai jamais tellement repensé à ma décision. Je n'ai pas ressenti de culpabilité, et je ne me suis même pas confiée à Adrienne. Je ne voulais pas entretenir de relation amicale comme autrefois, confier à mon amie un secret. Après, ça m'aurait écorchée. Et puis, Adrienne est trop proche de Carl à présent. En tout cas, j'ai refusé ce bébé. Carl, lui, en voulait un qui n'effacerait rien mais serait le signe d'un redémarrage. Comme si nous avions calé ; alors que non, nous sommes fatigués mais nous ne calerons jamais. En ce moment, on m'accuse d'avoir vu ma fille sur le visage de la voisine. Je sais que ce n'est pas elle désormais, je sais que ce n'est pas elle, mais demain, je ne sais pas. Je l'ai cru tout entière, et j'ai cru tout entière qu'il fallait que je cesse d'y croire. Je ne crois plus en grand-chose, quelquefois je me demande si Carl, à l'époque, rentrait vraiment tard, si ce n'est pas plutôt moi qui sortais en les laissant, Hortense et lui. J'en suis là de la vérité. Si on me disait que ma fille est vivante et que c'est moi qui suis morte, je le croirais, parce que l'obscurité est entrée dans la maison, et que je ne sais pas bien si la maison habite autour de moi ou si c'est moi qui suis dedans. J'ai besoin qu'on me relie, j'ai besoin de la respiration d'Athos dans le corps d'Athos, sous mes pieds.

XIV

J'ai tout de suite pensé que c'était anormal, Hélène Vannier sortant du labo. Sida, grossesse, les deux me sont venus à l'esprit et je me suis dit ça y est, on est en plein dedans. C'est pas de chance pour elle d'avoir un père médecin dans un village si petit. Elle est contrainte d'agir en secret. À Omble, à l'heure du déjeuner, quittant peut-être le collège sans autorisation. Elle regarde à droite, à gauche, avant de traverser. Un rayon de brume vient cogner sa bouche et je vois parfaitement la petite étoile au-dessus de sa lèvre.

Durant les battues des premières semaines, j'ai couru après cette petite étoile, et plus tard, pendant mes joggings. J'ai d'abord couru pour la suivre, parce qu'elle volait devant moi et m'indiquait un chemin, comme la pointe d'une baguette magique. Puis, quand j'ai vu que l'étoile tournait sur elle-même comme une tornade, j'ai voulu l'attraper, parce que j'ai pensé qu'en l'attrapant, j'arrêterais sa course et que ma fille réapparaîtrait. J'ai cru qu'elle s'était recroquevillée tout entière dans l'étoile, en boule, comme son « Popples », une peluche transformable en ballon. Et j'ai imaginé que j'entendrais un grand bruit, une sorte de « cling » étincelant qui révélerait l'apparition véritable et prolongée de mon enfant revenue. À ce propos, la prière pour le retour de l'être disparu n'a pas porté ses fruits. Je demanderai à Inès si la reprendre est dangereux. Il y a peut-être un laps de temps à respecter entre deux effusions pour ne pas se retrouver avec deux enfants.

Je roule doucement derrière Hélène Vannier. Elle a la démarche volontaire d'un petit soldat qui sait où il va. Je connais cet aplomb. Il lui est facile d'avancer. Je m'arrête pour la laisser traverser. Elle me fait un signe de la main et presse le pas. Elle se retourne, peut-être pour voir si c'est vraiment moi. Oui, aucun doute, je suis la voisine dont on lui a dit de se méfier, pas parce que c'est une sale bonne femme, mais parce qu'elle a été affectée par la disparition brutale de sa petite fille. Cette femme est devenue bizarre, sûrement pas méchante mais autant s'en tenir éloignée, car la douleur d'une mère, surtout une mère-accordéon, c'est une transformation du réel au profit de…

Hélène m'interrompt en revenant sur ses pas. Elle veut toquer au carreau mais s'aperçoit que ma vitre est baissée. Elle s'excuse. Et elle me remercie pour la glace à la pistache, l'autre soir. Je lui propose de prendre un chocolat, je précise « viennois », elle devrait reconnaître le mot, mais elle reste interdite. J'explique la crème dessus, en tourbillon, comme des plis successifs, plutôt en vrille. Elle me coupe, elle doit se dépêcher parce qu'elle n'a pas cours cet après-midi, et qu'elle ne veut pas rater le bus du retour. Je lui propose de la ramener, elle accepte. Je ferme ma vitre. Je mets la chanson 8, rien ne se passe.

On lui a lavé le cerveau. Je regarde son pouce un peu plat, trop sucé, sa lèvre supérieure. En fait, elle n'a pas de cicatrice. Elle a bien mieux. Une petite mouche, qui recouvre sa cicatrice. Une petite mouche qu'on lui a appris à dessiner pour camoufler ses signes distinctifs. Si je soulève ses cheveux dans sa nuque, j'apercevrai son angiome.

Je réfléchis à toute vitesse. Il me reste douze kilomètres pour réveiller des souvenirs dans sa tête. Avec *Ploum-ploum*, par exemple, une chanson que nous chantions ensemble pour apprendre à compter. C'était dans mes bras, c'était en marchant, c'était en revenant de la halte-garderie, mais on peut quand même essayer. Sur le même rythme, on chantonnait gaiement « un bisou, ploum-ploum », nous nous faisions un bisou, « deux bisous, ploum-ploum », deux bisous, ainsi de suite jusqu'à chez nous. À la maternelle, elle n'en a plus voulu.

J'en suis à quatre bisous, que j'envoie dans le vide, discrètement, en conduisant comme si de rien n'était, mais Hélène a entrouvert sa fenêtre. Elle regarde dehors. Elle n'aime plus le ploum-ploum. Je comprends que la chanson la mette mal à l'aise, je ne suis pas complètement idiote. J'imagine que c'est étrange de monter dans une voiture et de se rappeler, une fois dedans, des conseils de parents. Ne monte jamais dans aucune voiture. D'ailleurs, je le lui fais remarquer. « Tu sais, tu as eu raison de venir avec moi, mais n'accepte jamais d'invitation à monter de personne, même d'un petit homme sec qui aurait l'air gentil et qui te promettrait des bonbons, des bébés chats ou des Barbie ». Hélène éclate de rire. Elle dit « Heu Barbie, c'est bon là, j'ai quatorze ans ! » Elle me rit au nez, mais c'est gentil.

Et puis je sais très bien qu'elle a passé l'âge de jouer. Fini les Barbie. D'après le contenu de la boîte en fer, elle est plutôt stupéfiants maintenant. Un garçon pourrait facilement en profiter, en lui proposant du shit dans une voiture. Elle semble mal à l'aise que je parle de shit, mais si personne ne s'en charge, qui alors ? Je lui dis que son cerveau est en première ligne. Elle pense sûrement que ça ne l'affecte pas, elle trouve même que le shit l'apaise si ça se trouve. Et là, elle descend encore sa vitre. On est vraiment dans l'adolescence. Déjà, à quatre ans, je ne pouvais pas la réprimander sans qu'elle me dise « C'est bon, ça va, j'ai compris, tu vas pas le répéter encore ». Mais moi je répétais encore, encore et encore, et même une fois de plus, à Carl, quand il revenait de ses échappées loin de chez nous, pour qu'il soit au courant de tout, qu'il ne loupe rien de sa fille et de ses bons mots.

Il est difficile de rebondir quand le silence s'installe. Hélène a sorti son téléphone et le panneau « Les Rousses » apparaît déjà au bord de la route. Je ralentis, j'ai pourtant fait le trajet à trente à l'heure, mais je freine près de la forêt de Miriel et je m'arrête. Les panneaux me font mal. Parce que je suis certaine qu'Hortense les a vus défiler. Le 23 janvier 2008, elle déchiffrait déjà les lettres, alors elle a compris qu'ils portaient des noms qu'elle ne reconnaissait plus, et elle a eu peur, tout le temps. Si elle a lu « Les Rousses », elle a espéré qu'elle allait rentrer, même pendant qu'elle était frappée. Giflée d'abord, puis frappée un peu partout avant la torture. Et regiflée. On ne le sait pas assez, beaucoup d'enfants succombent sous les gifles de leurs parents, pas seulement quand ils sont défoncés à coups de poing. Enterrée vivante, elle a dû penser qu'on la trouverait très vite, assez pour la ressusciter. Ou alors elle avait déjà eu le temps de s'attacher à son agresseur et elle a fermé les yeux pour s'oublier complètement. On fait une promenade ? Je lui propose la promenade en accélérant la vitesse de mes essuie-glaces, parce que la pluie redouble. Mais nous avons toutes les deux des tenues adaptées et j'ai un parapluie dans le coffre ainsi que le sien, en Oui-Oui avec un grelot sur le chapeau, posé juste derrière moi. Je le lui tends, je sais qu'elle a passé l'âge mais je lui explique sans aucune distance que la pluie, ça mouille, même les jeunes filles ! En m'entendant, je comprends pourquoi je n'ai jamais tenté le CAPES. Je suis complètement à côté de la plaque avec les ados. Je m'enliserais avec des collégiens. J'essaie un « coolos », et là elle regarde vers moi, pas vers sa vitre, elle préfère rentrer, ses parents l'attendent. À treize heures quarante-cinq ? Je me tais. En redémarrant, je lui propose qu'on aille en ville, une autre fois, pour le viennois. Elle accepte mais quelque chose en elle refuse. C'est rassurant. Après tout, je ne suis qu'une étrangère. Je m'arrête devant chez nous. J'entrouvre ma parka, je n'ai plus l'habitude de rouler vitres fermées. Elle descend vite, murmure un bref merci, et elle court.

En la regardant s'éloigner, sa doudoune battant sur le bas de ses fesses, je suis angoissée. Je ne comprends pas qu'on habille les enfants ainsi. À son âge, elle devrait être inscrite à l'étude et ne pas rentrer chez elle quand un prof est absent. Dans nos campagnes, comme ne cesse de l'écrire Michel Florent pour mettre en garde les enfants trop confiants, une jeune fille ne peut errer seule. Autour d'elle, les hommes sont partout, petits et secs, vibrants. Ils n'ont pas besoin de se cacher derrière des troncs d'arbre, ni de se déguiser en hommes de devoir ou en jeunes sympas, ils attaquent directement, en deux secondes, comme des coulées de neige. Ici, conclurait Michel Florent, « la paroi est scabreuse et l'homme est avalancheux ».

Il a raison. D'ailleurs un homme attend, assis au volant d'une voiture juste devant ma maison, au milieu du petit hameau. Il aurait pu se garer ailleurs mais non, il a choisi ma maison, face à celle d'Hélène. C'est peut-être un agent EDF, un garde forestier, mais je compte quand même le surveiller. Il baisse sa vitre quand j'approche de mon portail. Vous êtes la maman d'Hortense ?

C'est Pierre-Olivier Jalabert, le journaliste envoyé par l'éditeur pour écrire le livre. Il vient commencer nos entretiens.

XV

Pierre-Olivier Jalabert trouve l'Auberge du lac très propre, simple et agréable. Et puis il n'a pas besoin de grand-chose, à part d'une prise pour son ordinateur et d'un bonnet épais, parce que chez nous, il ne cesse de le répéter sur tous les tons, *ça pèle.* J'ai mis les choses au point avec mon éditeur, je ne veux pas d'une histoire à la Florent, enveloppée dans du taffetas, même si elle en jette. Avec mes CM2, j'aimais bien étudier Colette. Michel Florent n'a pas dû avoir une institutrice qui me ressemblait mais une amoureuse des poètes paysans. Lyrisme calé sur le temps qu'il fait, métaphores incompatibles mais qui font de l'effet dans notre feuille de chou régionale. Quant à Pierre-Olivier Jalabert, il va lui aussi tirer sa langueur. La langueur d'un chat qui s'étire, dixit Michel Florent.

En attendant, parler avec Pierre-Olivier Jalabert fait du bien, parce que c'est moi qui raconte et qu'on en est au chapitre 1. Je lui donne « la matière ». J'apprécie de rester longtemps dans la matière du chapitre 1. Carl est rentré à l'heure habituelle, en fin de journée. Je n'avais pas vu le temps passer. Nous étions assis à la table de la cuisine, Jalabert et moi, un enregistreur entre nous deux, et Carl n'est pas intervenu, juste un salut de la main pour ne pas nous interrompre, un sourire gilet gris, puis il est ressorti. Quand il est rentré, nous en avions fini avec la matière du premier chapitre.

Le plan du livre est déjà établi. Chapitre 1, notre vie calme et heureuse avant le 23 janvier 2008. Description de notre couple épanoui, voyage à Venise, naissance de l'enfant désirée, vie joyeuse. Au sujet de Venise par exemple, je n'ai rien dissimulé, c'était un peu raté, mais Pierre-Olivier a répondu que ce serait parfait avant les années noires. Cependant, pour l'effet de contraste, il vaut mieux s'attarder sur le bonheur. Ça ne sera pas trahir que d'éviter la partie sombre de Venise. Il y a eu de bons moments, non ? Il suffit d'en décrire un, planter le décor de paradis. Chapitre 2, on passe directement à la journée du 23 janvier. On commence par ma classe avant le drame. On mentionne évidemment le corbeau de mauvais augure qui s'est posé sur la fenêtre quelques heures plus tôt et auquel j'ai repensé plus tard. Je peux aussi lui raconter que, ce jour-là, j'ai lu un article sur le tournage du nouveau film de Clint Eastwood. *L'Échange* est l'histoire d'une mère dont l'enfant a disparu et à qui on en ramène un autre, qu'elle refuse de reconnaître comme le sien malgré toutes les pressions. Je m'inquiète auprès de Jalabert : « Vous ne pensez pas qu'on va trouver la ficelle trop grosse ? » Il me répond que l'énormité de la coïncidence est la meilleure preuve de sa vérité. Je voudrais comprendre pourquoi, dans le film, l'enfant disparaît. Fugue ou enlèvement. Je n'ai aucune confiance en Angelina Jolie dans la vie, Clint Eastwood a dû s'emparer de sa dureté pour construire son rôle. Et l'enfant s'enfuir à cause des gifles. À moins qu'un jour sa tête n'ait heurté une commode dans sa chambre et qu'il ne soit mort, enterré dans un terrain vague.

On ne va jamais au cinéma, sauf quand c'est un film de Clint. Jusqu'à Joix parfois, rien que pour le voir. Joix, c'est pas la joie, m'avait dit l'éditeur mais je ne le répète pas à Pierre-Olivier Jalabert, je ne voudrais pas le mettre mal à l'aise. C'est quand même son employeur. Je la boucle sur toutes ses débilités et sur ses secrets personnels. Il est en galère parce que sa femme est revenue des États-Unis avec les enfants, enceinte d'un autre, et l'autre, pas de chance, est parti, mais l'éditeur l'aime encore, il dit que des femmes comme elle, qui ne sont à cheval sur rien, ne courent pas les rues, alors il pense recommencer. Chapitre 2 donc, ce projet d'aller voir le film dès qu'il sortira, et puis la course à la sortie de l'école à cause du dentiste. Pourquoi le dentiste, insiste Pierre-Olivier Jalabert, appelez-moi Poj. J'explique que c'est à cause d'une grande chute, sur une toute petite dent, une glissade sur le parquet, corde à sauter en chaussettes. Le sang qui gicle de sa bouche et tellement de larmes. J'éponge, j'éponge le sang qui sort et je n'arrive pas à regarder dans sa bouche parce que j'ai peur de quoi. Comme un mauvais présage ? demande Poj. Non. Peur de la bouche déglinguée dedans. Je ne dis jamais « mâchoire ». C'est comme « restes humains ». Ensuite, le docteur Georges me conseille de montrer Hortense à un dentiste, afin de vérifier que la dent future n'a pas été atteinte. En plus, Hortense a un petit bleu sous l'œil. Ça a dû cogner fort à plusieurs moments. Et cette dent, où est-elle ? demande Poj, qui croit qu'elle est tombée. Elle n'est pas tombée, elle a basculé vers l'arrière. Elle s'est couchée contre le palais d'Hortense avant de revenir à son emplacement d'origine, droite, doucement. Avec la brise de son souffle. C'est très beau, « brise de son souffle », il note comme à chaque fois qu'un mot lui semble plus important. Le dentiste devait la lui arracher parce qu'elle s'infectait.

Je lui propose de rester dîner avec nous. Il accepte. Pendant que je fais bouillir de l'eau, Carl lui pose des questions sur sa profession. Il est devenu journaliste spécialisé dans les faits divers, même s'il a débuté sa carrière à la rubrique sport. Carl est prêt à répondre à certaines questions, même si le livre est mon idée et qu'il n'a pas très envie de participer. On a tout dit dans la presse, lui semble-t-il. Mais il reconnaît que ça peut me faire du bien de raconter encore. Lui, il s'en tient à son métier. L'imprimerie, l'odeur de l'encre, les clients qui ont changé, pas lui, soif du travail bien fait, les bugs, la cascade de glace imprimée en gris sale, le rush. Poj pose le décor.

J'ai envie de savoir sur quel autre fait divers Poj a travaillé. Il évoque la disparue de Tremblay, une mère de famille partie acheter le pain un matin et jamais revenue. Les pistes ont été si nombreuses qu'elle a fait la une de l'actualité pendant des mois. Mais aucune, absolument aucune piste. Elle a peut-être refait sa vie mais ça ne colle pas. Elle n'a emporté ni argent ni vêtement. À la boulangerie, elle a reposé le lapin de Pâques qu'elle voulait acheter pour sa fille parce qu'elle n'avait pas assez d'argent sur elle. Carl accélère le mouvement en débarrassant les assiettes et en apportant les fruits quand je lance que je la comprends d'avoir tout quitté, même sans un sou. Elle a dû ressentir un grand vent de liberté. Après, je demande à Poj s'il a déjà travaillé sur des disparitions d'enfants. Il évoque la petite Diana, disparue en 2007, à qui Hortense a volé la vedette, et plus récemment Hugo. L'affaire semble être en voie de résolution. Ah bon ? Carl se renfrogne. Ce n'est pas parce qu'une affaire est élucidée que la nôtre suivra. Il ne veut pas qu'on m'injecte de l'espoir. Le but de ce livre, c'est aussi de restaurer mon image auprès de ceux qui doutent toujours de mon innocence. Et l'éditeur insiste à chaque conversation : dans mon cas, le livre serait plus performant qu'un avocat. Améliorer mon image auprès de ceux qui m'ont trouvée trop dure, trop distante, pas assez émue lors des marches blanches et plus tard. Quand l'éditeur a évoqué cette réhabilitation, Carl m'a demandé si je trouvais opportun de confier mon image à une sangsue, à un arriviste pareil. Tout ce qui compte pour moi, c'est la photo de ma fille sur la couverture, partout, dans toutes les langues. Le reste n'a pas d'importance.

Et puis j'ai besoin de sa photo figée, même si dans mes yeux je la vois bouger. Quelquefois, les cheveux d'Hortense blanchissent mais ce n'est pas la vieillesse qui vient, c'est un suaire, un drap de fantôme qui la recouvre. Ma fille sort de l'image, elle décolle, enveloppée dans le drap qui lui sert d'aile. Je lève les yeux et elle me regarde. La douceur a déserté son visage, elle paraît méchante. Je dois toujours résister au fantôme de ma fille pour retrouver la vraie, celle que j'aime. Faut-il que je révèle à Poj qu'elle habite en face ?

XVI

Subtiliser les lettres des Vannier n'est pas compliqué. Au bureau de poste, j'ai pris l'habitude de regarder à travers les enveloppes mais je ne vois pas toujours très bien, ça dépend de l'épaisseur du papier. Alors, en cas de courrier suspect, j'ouvre puis je jette. Je ne peux pas remettre dans le courrier les enveloppes déchirées. Je viens de tomber sur la facture détaillée du téléphone d'Hélène Vannier. Chaque jour, elle contacte le même numéro. Le matin, avant le collège, et le soir, à partir de 20 h 30 environ. Quelquefois les communications avec ce numéro durent plus d'une heure. Elles reprennent souvent quelques minutes après avoir cessé. Mardi dernier, Hélène Vannier a appelé ce numéro à 20 h 40, la communication a duré trente-sept minutes. Elle a rappelé à 21 h 18, pour vingt-cinq minutes de conversation. Puis elle a rappelé à 22 h 20. Sa dernière communication s'est achevée après une heure trente-sept de discussion. Ce numéro revient chaque jour. Je pense que le chef d'un réseau tient la pseudo-famille sous sa coupe. Hélène est l'intermédiaire qui lui rend des comptes dans le dos des voisins qui ne savent pas qu'elle est reliée aux petits hommes secs en réseau qui vivent sous terre.

Si elle ne reconnaît pas la chanson du ploum-ploum, c'est bien qu'on lui a lavé le cerveau. Cette chanson était notre mantra. Je la disais doucement quand on s'était disputées, et Hortense, aussitôt, venait se coller à moi. Elle comprenait que mon énervement était passé, qu'en tout cas je ne le passerais plus sur elle. J'ai déjà piqué des colères. Elles étaient toutes adressées à Carl et à son absence. J'ai parfois parlé de « dilettantisme » pour qu'Hortense ne le répète pas à son père. « Sale mec qui se la coule douce » est une phrase qu'elle aurait répétée. Un jour, elle a installé sa famille de lapins dans sa maison de poupée. Elle avait déménagé la maison de poupée dans le couloir où je venais de passer l'aspirateur et j'ai hurlé pour tout mon travail gâché. J'ai hurlé « Foutu en l'air pendant que l'autre pédale ! ». Et Hortense a répété « pédale », juste « pédale », quand son père est rentré. On était dans le plaid à losanges, avec moi qui regrettais mes cris et elle qui tenait mon cou entre ses bras pour montrer qu'elle ne m'en voulait pas. Alors je la serrais plus fort parce que c'était à moi de montrer que j'avais eu tort. À moi de le dire, pourtant je ne l'ai pas dit. Quand j'ai fermé les yeux pour le dernier cache-cache, j'ai revu son visage complètement effaré qui ne comprenait pas ma plainte. Et cet autre petit bleu sur une pommette. Quand elle avait peur, Hortense se cognait sans cesse. C'est juste mes lapins, je ne salis rien du tout, s'était-elle défendue sans pleurer, fière et sûre. Mais j'ai crié une nouvelle fois, sur l'impertinence qui répond et sur le père qui fait son sport. Et ses yeux se sont baissés après m'avoir regardée, impuissants.

Sur la facture téléphonique d'Hélène n'apparaissent que les six premiers chiffres de chaque numéro. Je dois pouvoir trouver les quatre derniers. Je tenterai ensuite d'appeler tous les numéros. On peut certainement en calculer le nombre. Alban Cory était bon en devinettes mathématiques. Il en remplissait des cahiers entiers pour se vider la tête. Ce n'est pas tellement le domaine de Carl. J'aurais peur de le complexer en lui posant une question alambiquée hors avis de recherche, hors imprimerie, hors roue de vélo, hors rôti trop cuit, hors main sur la bouche, hors gilet gris.

Alban commande un demi. Je ne prends pas un chocolat, je prends un déca. Même un café, ça me semble trop alors qu'un déca, Carl pourrait difficilement me le reprocher. Un déca. Même pas allongé. Juste pour recevoir un cours de maths. J'ai très peu de temps entre la sortie de la Poste et l'arrivée de Poj à la maison. On va attaquer la suite. Chapitre 3 : les battues, de fond en comble, a-t-il précisé. Il sait que c'est difficile pour moi parce que j'ai des blancs et parce qu'à la fin du chapitre il n'y a pas une lueur d'optimisme, rien qui respire. On va donc dès demain attaquer en priorité le chapitre 4. Au sommaire : retour terrifiant à la maison, le sentiment de vide devant la chambre d'Hortense, les restes d'ourson en chocolat dans la boîte à gâteaux, la tortue lumineuse qui commence à chanter quand je m'approche de son lit. Et son odeur dans les draps. Carl qui se couche à côté de moi sur son lit. Le vide.

Tu ne vas pas raconter tout ça quand même, m'a demandé Carl, sans gronder. C'est à nous, il a dit. Il est d'accord pour que les avis de recherche figurent sur la couverture du livre, mais pas pour déballer notre intimité. Il dit que ça ne nous rendra pas Hortense, qu'on la perdra même davantage. Raconte pas, raconte pas tout. Une nouvelle fois, il a pointé son index vers la place à côté de lui, je me suis assise, puis allongée, la tête sur ses genoux. Il m'a caressé la racine des cheveux. C'était comme si mon front glissait vers l'arrière, comme si ma peau glissait vers ses genoux, comme s'il allait pouvoir regarder dans mon crâne, le nettoyer, l'éteindre, le mettre au repos. Je me suis endormie un moment. Quand je me suis réveillée, il était penché sur moi, la bouche ouverte et les yeux clos, les joues tombantes, les lèvres humides, endormi de tout son poids vers l'avant.

C'est bizarre de retrouver Alban Cory après dix ans. Je l'ai parfois vu à Omble mais j'étais toujours avec Carl, en voiture, et je détournais la tête. Personne ne voyait personne. J'avais noté un changement dans son allure. Ce n'était pas dans sa tenue mais plutôt dans sa démarche. Il me demande où en est l'enquête, et si notre vie a pu retrouver un sens. Il est gêné par les mots qu'il emploie, alors il se reprend à chaque fois qu'il parle d'oubli, de quotidien, de plaisir. Il se doute bien que rien n'est comme avant, il s'excuse s'il est maladroit. Les maths ? C'est loin tout ça, rigole-t-il, content de changer de sujet. Avant, il résolvait des problèmes pour combler l'ennui. Moi, je le regardais les faire en regrettant de ne pas avoir pensé à emporter un livre. Il avait peur du vide. Je repense aux moments où on s'est retrouvés tous les deux. Même si notre histoire a été brève, nous avons partagé quelques tête-à-tête, et au moins un week-end quelque part dans la région. Je serais bien incapable de me rappeler où. Il m'avait embarquée sur sa moto et ma mère avait glissé dans mon sac un petit foulard à elle que j'aimais bien. C'était pour le soir, car « on ne sait jamais ». C'était étrange qu'elle devine quelque chose dans cette amourette, comme la possibilité d'une soirée plus chic, avait-elle dit, alors que moi j'étais partie sans trop d'illusions pour une virée de deux jours. D'ailleurs, il m'apprend aujourd'hui qu'il faisait des maths pour s'ennuyer moins. Je ne me souviens plus si j'ai mis le foulard. Peut-être dans mes cheveux pour tenter de ressembler à quelqu'un d'autre, à quelqu'un dans un film, sur une carte postale, pour voir dans ses yeux que je me modifiais, mais en fait non. J'étais sa copine. Il tentait de résoudre des énigmes de maths parce que je n'étais pas la bonne.

En attendant, Alban avoue qu'à l'époque il faisait semblant sur pas mal de sujets, juste pour avoir l'air intelligent. Être un cancre, ce n'est pas simple pour la suite. Les combinaisons, oui, il voit bien, il existe une méthode pour ne pas tâtonner, évidemment. Il hésite. J'ai déjà fini mon déca. J'ai appelé jusqu'au 00 09, mais je ne suis tombée que sur des répondeurs ou des numéros non attribués. Je n'ai laissé aucun message. Je ne sais pas encore quoi répondre à ceux qui décrocheraient. Je dois avoir en tête un message unique, à laisser à tous. Alban estime que ça doit faire dix mille combinaisons. Il ne sait pas si c'est dix mille ou dix mille et des brouettes parce que, dans ces problèmes, il y a toujours un piège, et je reconnais bien là son tempérament approximatif. Or retrouver ma fille « à peu près » n'est pas envisageable. Il me demande pourquoi cette question de combinaisons mais je ne réponds pas. Il est capable de cafter à Adrienne, qui répéterait à Carl. Et ils sont du genre à se mettre d'accord entre eux sur mon état. Pas bon.

Poj, lui, adore ma façon d'organiser les choses dans ma tête. Il constate que n'importe quel mot éveille un souvenir et que le livre va être non seulement l'histoire de la disparition d'Hortense mais aussi un portrait de femme et de mère. La littérature au-delà du témoignage, a déjà clamé l'éditeur.

Rien n'est impossible avec autant d'émotions, de sensibilité. On tient certainement un grand livre, c'est-à-dire un très bel hommage, répète Poj. Est-ce que j'ai été une enfant heureuse ? Sa question tombe à brûle-pourpoint : heureuse de quoi ?

Je pense à Inès. J'aurais bien aimé avoir des frères et sœurs, et j'ai trouvé compliqué de vivre seule avec mes parents. Quand ils sont morts, Adrienne était là mais elle est devenue aussitôt très différente de la sœur que j'avais rêvée, parce qu'elle ne souffrait pas autant que moi. Pour perdre Hortense, nous étions deux, et même si c'est moi qui ai fermé les yeux, dans le parc d'Omble, plutôt que de la surveiller, Carl l'a perdue avec moi. Il n'a d'ailleurs jamais dit que c'était moi, et moi seule, qui avais perdu notre fille, alors que chaque fois qu'il était parti, avant, avec elle sur les épaules, j'avais pensé que s'il lui arrivait quoi que ce soit, je le tuerais. Je lui avais même dit. Je devais rire en le disant, mais il savait comme moi que s'il arrivait quelque chose à Hortense, je ne pardonnerais rien. Carl n'a jamais voulu évoquer ma responsabilité et, quand je lui demandais pardon au début, il ne voulait pas l'entendre. Un jour, il m'a rétorqué que le pardon n'était rien qu'une seconde peine que le bourreau réclamait à sa victime. Je n'ai pas compris, et j'ai cru que le bourreau, c'était lui. En fait, il ne peut pas me pardonner, c'est ce que j'ai compris après, mais il le garde pour lui parce qu'il n'aimerait pas qu'Hortense le voie me haïr. Un jour, il a reconnu qu'il aurait pu lui arriver la même chose : fermer les yeux pour un cache-cache. Et ce jour-là, je lui ai ri au nez, sans me retenir. « Un cache-cache, toi ? Encore aurait-il fallu que tu joues un peu avec elle ! » Mais, là encore, il ne m'a pas massacrée, il m'a attirée près de lui. Depuis qu'Hortense n'est plus là, il veut qu'on forme un socle, ces fondations dont je parlais à Hortense, petite, quand je lui disais que toutes deux on fabriquait une petite chapelle où on s'abriterait toute notre vie. Chaque câlin donnait une pierre, chaque ploum du ciment, chaque dispute une poutre, chaque regard un vitrail, et chaque baiser une note d'orgue.

XVII

Je me suis cachée dans la chambre d'Hortense. Au dixième appel, la porte s'est ouverte. Carl a dû m'entendre m'énerver. J'aurais dû m'y prendre autrement, plutôt commencer par 00 10, poursuivre avec 00 11, 00 12, 00 13, 00 14. Si je ne note pas ce que je fais, dans quelques numéros je ne saurai plus qui j'ai appelé. Carl m'a entendue laisser le même message à chaque répondeur « Oui, bonjour, je sais qui vous êtes, ce n'est pas un canular, arrêtez immédiatement vos malversations, laissez les enfants tranquilles ou il va vous arriver des bricoles ». Il a fini par entrer. « Ça veut dire quoi ? » m'a-t-il demandé. « À qui tu parles comme ça ? » J'ai répondu « personne ». « Qu'est-ce que tu leur veux à tous ces gens ? » « Rien. » Personne et rien, comme informations, ce n'est pas passé. Il m'a pris mon téléphone, ça ressemblait à un geste brutal, il a voulu être plus fort que son bras souffrant. Il a attrapé mon poignet pour m'asseoir sur le lit, moi à côté de lui, et reposer sa question : « À qui tu téléphones ? » Mais moi j'avais posé ma réponse, et c'était « À personne ». Il a respiré en gonflant sa cage thoracique puis soufflé un grand coup en libérant mon poignet. Il y avait un message là-dedans, attention je ne m'énerve pas mais ça se pourrait. Un message qui n'a pas ébranlé autre chose que son gilet gris. J'ai tiré dessus pour qu'il me rende mon téléphone et le bouton du milieu a sauté. Carl a essayé de se pencher pour le ramasser mais son épaule s'est bloquée, et comme il n'a pas voulu que je le plaigne ou que je fasse un geste pour l'aider, il a donné un coup de pied dedans et le bouton a glissé piteusement vingt centimètres plus loin. C'était encore rattrapable mais Carl a pesté, avec une expression du genre marre, c'est marre. Je l'ai trouvé ridicule, comme le saut minable du bouton, comme le gilet gris. D'un coup, le gilet gris n'a plus représenté ni un havre ni une autorité. C'était une serpillière. 83 28, j'ai eu un flash de quatre chiffres, c'était la bonne combinaison. Je n'ai pas pu la noter, je l'ai répétée dans ma tête en attendant que Carl quitte la chambre. Il l'a fait sans vague, sans remous. Il est parti comme s'il n'était déjà plus personne dans la maison. La chute du gilet gris. L'autre jour, j'ai vu un trou de mite sous un bras, et au lieu de le recoudre, j'ai mis le doigt dedans pour l'élargir.

À présent, je suis seule, toujours assise sur le lit d'Hortense. Je passe la main devant la tortue lumineuse qui, dix ans après, sans le moindre enrouement, chante encore sa chanson. Il faut dire qu'on a évité de s'en servir. Le son nous terrorisait. Moi, j'avais l'impression que la tortue allait me demander des comptes sur la disparition de sa petite maîtresse. Qu'est-ce que t'as foutu, pourquoi t'es devenue mère si tu n'es même pas capable d'ouvrir les yeux au parc, des phrases comme ça. Aujourd'hui, sa mélodie ne me fait plus mal. L'entendre n'est pas un souci. La tortue est redevenue ma petite assistante, comme à l'époque où elle veillait Hortense jusqu'à l'endormissement. 83 28. Je dois attendre que Carl descende pour le composer. Je viens de le noter sur ma main. Le bouton du gilet gris prend la forme d'un visage avec ses deux trous pointés sur moi. Il me regarde. Quand je le ramasse, le visage disparaît, alors je le lance plus loin. Il roule jusqu'au mur de la fenêtre et s'arrête pile en dessous. Il pleut des indices depuis quelques minutes. Ce visage veut sûrement me dire quelque chose. Carl revient.

Il part chez Inès. Dormir. Au moins cette nuit. Ou quelque temps. Marre. Épuisement. Stop. Maximum. Le gilet gris a explosé juste avant Carl. Il se tient là, parka sur le dos, la même qu'il y a dix ans, je m'attends à ce qu'un micro apparaisse sous son nez : notre fille a disparu, souvenez-vous. Elle a été kidnappée par un petit homme sec et nerveux alors qu'elle jouait au parc. Ma femme et moi demandons aux enquêteurs de continuer à faire leur maximum. Il faut retrouver Hortense, le kidnappeur d'Hortense. Nous voulons savoir ce qui s'est passé. Il y a peut-être une chance, encore aujourd'hui, de la retrouver vivante.

Je ne réponds rien. Carl est devenu très négatif depuis que son gilet gris a lâché. Sa stabilité tenait à peu de chose. Et puis son visage, d'un coup, ne ressemble plus du tout à celui de mon mari. Ses traits se sont transformés. Je ne reconnais rien. Ses yeux ne s'adressent ni à la mère-acccordéon ni à la femme douloureuse. Ils s'adressent à la chambre. Il a envie que les murs entendent qu'il jette l'éponge, qu'ils soient témoins de son épuisement comme ils l'ont été de sa lutte. Son petit sac de week-end ridicule à la main. Chez Inès. Hop. Pleurer un coup. Je ne dis rien. À part 83 28, non, 84 38, zut, je regarde ma main. À moins que ce ne soit 92 36, un nouveau flash. Casse-toi. J'ai dû le dire assez fort, parce que Carl serre les dents, recule, et disparaît. J'entends la porte, qu'il ne claque pas, comme s'il avait toujours son gilet gris pour contenir ses énervements. Sa voiture démarre. 98 73, 29 99, 04 61, il faut que je me fie à mon instinct. D'ailleurs on est le combien ? Je regarde le calendrier d'Hortense, les bébés chats blancs posés sur un coussin de satin rose, page ouverte sur le mois de décembre 2008.

Nous sommes le 3 mars. Demain, à Fontex, commence le procès aux assises de Patrice Brun. Buzin m'a obtenu in extremis un droit d'entrée. Il a peiné, pire qu'un strapontin pour Céline Dion à l'Arena. Quand il m'a demandé pourquoi je tenais tant à y aller, j'ai parlé de mon livre. « Je compte explorer toutes les pistes possibles : la pédophilie en est une. » Mon aplomb l'a secoué. Étais-je certaine de vouloir m'infliger cela ? Ce ne serait pas une partie de plaisir, et je risquais d'en sortir bouleversée. Mais, pour une fois, il s'est bougé et m'a obtenu ce que je voulais.

Brun avait quarante-six ans en 2008 au moment des faits dont il est accusé et qu'il n'a jamais avoués. Il parle de consentement. D'enfants si maltraités chez eux qu'ils lui auraient demandé l'hospitalité. Il est petit, sec, nerveux. Avec Carl, dès qu'on a su pour cette arrestation, on a demandé qu'il soit auditionné mais les enquêteurs y avaient déjà pensé : il était au Portugal le 23 janvier 2008. Ils n'ont fait part d'aucun doute, et leur réponse nous a paru trop hâtive. Comme d'habitude, Carl a fait sienne la certitude des enquêteurs et calmé mes déductions. Puisqu'il était au Portugal, Patrice Brun n'était pas à Omble. Souvent, j'ai reparlé de lui parce que l'alibi du Portugal avait été vérifié, d'accord, mais un aller-retour, c'est possible, même vingt-quatre heures, et personne n'en aurait rien su. Buzin m'a souvent raconté les assises et, pour éviter de me parler du fond, il a évoqué avec emphase le théâtre, le bâtonnier appelé en cas de litige entre l'avocat et l'avocat général, la drôlerie de certains moments comme la brutale récusation des jurés. Carl a refusé de s'y rendre avec moi. Le théâtre, bof, pas dans les conditions du réel il a dit. Et toi, ne t'avise pas d'y aller. Comme il avait encore son gilet gris, sa phrase m'a semblé sensée. Ne pas tout confondre. Éviter les chocs. Ne pas se complaire. Mais maintenant que le bouton a sauté, je vais aller aux assises. Moi seule peux décider de la culpabilité de Patrice Brun. Et puis ça m'évitera d'entendre bâcler des mélodies sur le piano d'en face.

XVIII

Ça fait deux messages que Carl me laisse et plusieurs SMS me demandant de le rappeler mais on ne sort pas de la salle quand on veut. Un gendarme tourne sans arrêt dans les allées pour vérifier qu'on ne photographie pas. Il a même fait sortir une femme pour inspecter son téléphone. À la suspension de séance, je suis allée dans la cour du tribunal, comme tout le monde, mais j'ai croisé Michel Florent et je n'ai pas pu écouter le premier message de Carl. Je ne sais pas si je l'aurais fait de toute façon. Ce matin, il ne m'a pas du tout manqué. Il peut rester chez Inès encore un moment. Ça nous fera certainement du bien. J'ai promené Athos, on a été jusqu'au cimetière, puis au rocher rond, avant de rentrer doucement. Athos était crevé. Je lui ai lavé les yeux, donné à manger, et je suis partie à Fontex. Je n'ai pas répondu à Linda non plus. Elle m'a appelée parce que je devais être à la Poste aujourd'hui. J'imagine qu'elle a téléphoné à Carl dans la foulée. Même Adrienne doit être avertie que je ne suis nulle part.

Michel Florent a été étonné de me voir là. Moi aussi. Il est notoire qu'il ne va jamais nulle part. Il fait du journalisme avec son imagination. J'ai dû le croiser trois fois en dix ans mais je reste son sujet favori. J'ai été évasive, j'ai parlé du livre qu'on était en train d'écrire avec Poj. Il était au courant. Il m'a proposé un café mais, avant qu'on arrive à la machine, il a été happé par plusieurs avocats. Après la reprise, Patrice Brun raconte qu'il est instituteur et vivait de vraies histoires d'amour avec les enfants violés. Il parle de connivence, de jeu de séduction, de tendresse. Tendresse ? s'étrangle l'avocat des parties civiles. Je m'étais assise au premier rang, le plus près possible du box de l'accusé, mais on m'a fait reculer avant l'ouverture des débats. Brun s'est installé avec trois gardiens de l'administration pénitentiaire, dans sa cabine en plexiglas. C'est maintenant au tour des enfants de témoigner. L'un d'entre eux a échappé à la vigilance de Patrice Brun et a permis son arrestation. Il ne les a pas kidnappés ensemble mais il les a rassemblés un à un dans sa maison des tortures. Il a parlé plusieurs fois de maison des délices. Et un murmure a parcouru l'assistance.

Les trois enfants ont aujourd'hui quinze, seize et dix-huit ans, ils en avaient dix de moins au moment des faits. Je le dirai à Poj tout à l'heure. Je ne peux pas vider mon sac sur Carl. Poj va tout recevoir. Patrice Brun les a appâtés dans sa voiture, le premier au pied d'une piste de ski, le deuxième à l'arrêt d'un bus et le troisième alors qu'il venait de tomber en rade de vélo. Ils sont tous passés par son break blanc, se souviennent tous d'un jardinet et d'une maison de briques, d'une porte, d'un escalier, d'une cave bien éclairée, bien chauffée, décorée, avec des matelas et tout le confort. Je n'oublie rien. Je dessine un labyrinthe dans ma tête. Il faut passer par tous les chemins pour trouver la sortie. À un moment, il n'y aura pas d'air. Il y a tout le confort chez Brun. Des jeux, des friandises, des gâteaux, du papier, des feutres, de la pâte à modeler, des peluches, une télé. Mais un verrou.

Et chaque soir, adressée à un seul enfant, une invitation glissée sous la porte pour que l'enfant se prépare. Revête tel ou tel déguisement. Chevalier, fifre, princesse. La tenue est précisée sur l'invitation. Hortense aurait obéi. Elle aurait cru au jeu, à la surprise au bout, à l'immense extase générale. Elle n'aurait pu s'empêcher de sourire tout le temps, en prévision de la suite. Elle aurait même pouffé, comme avant une surprise, quand je préservais le suspense le plus longtemps possible. Elle posait des questions, je répondais hum-hum ou n'importe quoi, elle le savait et elle exultait d'une si bonne attente, tous les sens en alerte. La salle est terrifiée. Les enfants évoquent le rituel en regardant leurs pieds. Des gens reniflent. Les enfants racontent le verrou qui tourne à l'heure de l'invitation et l'enfant qui monte, puis redescend dans la cave, une, deux ou trois heures après, le vêtement déchiré et les cheveux collés, le sang, le repas des autres dans les mains. Les autres se tournent pendant qu'il se lave au lavabo, sauf le petit que les deux autres accueillent à son retour et nettoient doucement. Poj ne va pas pouvoir écrire ça dans le livre. Ils dorment tous les trois collés les uns aux autres sous une fenêtre murée. Ils n'arrivent pas à chanter pour se calmer, alors ils gémissent. Ploum-ploum. Ça, il l'écrira. Dans la journée, ils essaient de vivre normalement en remisant la peur de la veille et sans penser au soir. Ils y arrivent. Pour tenir. Tenir est le mot qui revient le plus souvent. Quand l'invitation tombe et que l'hôte du soir est choisi, Colin, Kaÿs, Stéphane, ils n'arrivent plus à communiquer entre eux. L'invité s'habille. Quand c'est le tour du petit, les grands l'aident. Je me souviens qu'avant de disparaître, Hortense se déguisait sans arrêt. Dès qu'on arrivait à la maison, elle se changeait. Elle créait des tenues farfelues. Elle venait me voir comme on apparaît, espérant dans mes yeux un sourire et pas l'éclair d'une nervosité. Parfois, souvent, je lui ai demandé d'arrêter. Arrêter de déranger ce que j'avais rangé. Arrêter de déplier ce que j'avais plié. Arrêter de se changer. De tout compliquer.

Après, le verrou tourne. L'homme attend l'enfant derrière la porte et monte avec lui dans la cuisine. Il lui parle comme un bon père, il lui demande si sa journée a été bonne, si les enfants manquent de quelque chose en bas, films, livres, jouets. Il prépare le repas avec lequel l'enfant redescendra plus tard. Il remplit trois boîtes isothermes, et l'enfant choisit le dessert pour les deux autres. Est-ce qu'il achète des Flanby ? Le frigo est rempli de bonnes choses et de jus de fruits en petites bouteilles. Quand le repas est mis en boîte, trois boîtes de couleurs différentes bien alignées sur la table, Brun se retourne, regarde l'enfant, et le félicite d'avoir suivi ses instructions vestimentaires. Il emmène son Zorro ou sa Wonder Woman par la main, il porte la sirène qui peine à marcher avec sa queue de poisson jusqu'à sa chambre, après une halte à la salle de bains. Une chambre d'enfant, d'ado plutôt, avec un lit d'une personne, plusieurs mappemondes et des maquettes de bateaux. L'enfant se soumet. Brun utilise des objets, il est tendre et violent. Mais plus il est violent, plus il est violent. Les fois où il est le plus violent, il s'excuse après avoir joui et remercie sa victime. Pendant que les enfants font l'inventaire de ses pratiques, Patrice Brun ne les quitte pas des yeux. Parfois, il leur sourit légèrement comme s'il éprouvait une nostalgie heureuse. Dans l'assemblée, il y a des bruits de gorge et de soufflets, des oreilles qui se bouchent.

Les trois enfants sont chez Patrice Brun depuis six mois. Ils essaient de compter les jours. Ils parlent sans cesse d'évasion. Hortense disait que si quelqu'un la volait, elle lui donnerait des coups de pied dans les yeux jusqu'à ce qu'il pleure. Plusieurs fois, ils ont essayé de se faire la courte échelle : le plus grand hisse le moyen sur ses épaules et le petit grimpe au sommet de la pyramide, s'aidant d'une chaise. Plusieurs chutes ont failli être dramatiques. Ils n'ont rien dit au pédophile quand le petit s'est cogné le front en tombant. Ils ont recommencé chaque jour mais impossible, une fois en haut, d'espérer passer par la petite grille d'aération. Hortense aurait su devenir une minuscule souris et se glisser sous une porte. Ils font du sport. Le grand est un habitué des séries américaines, il sait qu'en prison on doit travailler ses muscles. Le pédophile leur offre de quoi s'occuper, des manuels d'histoire, de géographie, de français. Ils espèrent en avoir une pile assez haute pour fabriquer un escalier stable jusqu'à la grille. En attendant, ils réfléchissent à un outil pour creuser dans le mur mais Brun découpe lui-même la nourriture. Ils n'ont jamais de couteau, et, pour faire des découpages, seulement des ciseaux pour gauchers à bout rond.

Ils connaissent de mieux en mieux les bruits de la maison, devinent le rituel du matin du pédophile. Ils entendent l'eau de sa douche, ses pas dans le salon, des bruits d'assiettes. Il part travailler après leur avoir crié un mot d'adieu, « À ce soir, mes enfants » ou « Pas de bêtises, mes amours ». Ils entendent sa voiture démarrer. Ils tapent sur la porte, hurlent. Les murs de la pièce ont été capitonnés. La porte est énorme. Il leur arrive de ne pas manger pour ne pas gâcher la nourriture si jamais le pédophile avait un accident sur la route et ne revenait pas. Ils ont envie de vivre mais ils ont peur de mourir de faim. Les boîtes vides de la veille les dégoûtent. Ils se regardent en essayant de deviner lequel devra les remonter le soir. Chacun espère que ce ne sera pas lui et ils s'en veulent de penser ainsi. Ils appellent leur ravisseur par son prénom. Patrice, lui, leur raconte des tas de choses en les violant. Même la guerre de Cent Ans, à Stéphane. L'avocat de la partie civile détaille les sévices, mais je n'entends pas. Je regarde mon téléphone, le SMS de Carl qui dit : Réponds-moi je t'en prie, où es-tu ?

Je suis à nouveau capable d'entendre quand les enfants racontent leur évasion. Le grand l'a mise au point. Ils la répètent chaque soir dans leur tête. L'invité monte, le pédophile est en train de préparer le repas des enfants, il découpe la nourriture en petits morceaux et empile les boîtes. L'instituteur évoque sa journée, sans jamais préciser qu'il travaille dans une école. Il parle de « bureau » et rarement de garnements. Puis c'est le chemin vers la chambre. Le pédophile fait toujours halte dans la salle de bains. Il lave les enfants. Après, il leur demande de l'attendre sur son lit. C'est à cet instant qu'une évasion semble possible aux enfants. Mais chaque fois qu'un enfant essaie, la peur le paralyse. Il voudrait courir mais ses jambes ne lui obéissent pas. Elles le conduisent là où Patrice Brun lui a demandé d'aller, sur son lit. Si l'enfant traîne avant d'entrer dans la chambre, le pédophile le sait tout de suite en épiant les bruits du parquet, et il rappelle l'enfant à lui sur un ton autoritaire qui ne supporte pas la discussion.

Un soir, le pied nu de Brun heurte le bord de la baignoire. Il pousse un cri. Son ongle saigne. Il veut attraper du coton mais le paquet est vide. Il demande à Kaÿs d'aller en chercher dans le placard de la chambre puis se ravise. « Tu bouges pas, je reviens », lui dit-il, et il sort de la salle de bains. L'enfant déguisé en courageux Robin des Bois parvient alors à redescendre l'escalier et à ouvrir la fenêtre. Si j'étais en danger, je resterais toute silencieuse, promis maman, silencieuse comme les étoiles de mon chapeau, m'avait dit Hortense un jour. Kaÿs saute. Il court mais la grille du jardin est fermée. Il escalade le muret en laissant les deux autres derrière lui, dans la cave. Son dos est glacé, comme si une arme à feu allait le frapper par-derrière. Il sonne à la première maison qu'il croise. Il n'y a personne. Il se cache dans une flaque de boue et attend. Il n'entend rien. Il repart. Il frappe chez un couple qui ouvre. Les gendarmes arrivent. Le petit est incapable de décrire la maison du ravisseur mais il n'a pas couru très longtemps. Patrice Brun est déjà dans la cave pour les prendre une dernière fois. Il les prévient que le petit Kaÿs va être responsable de sa mort. Il leur parle de suicide. Il prend les deux. Les petits disent « Prendre ». Prendre un grand bain. Prendre un petit Flanby. Prendre ma petite glace. Prendre l'avion pour Djerba. Prendre la voiture pour mettre la 8. Et je vomis sur mes chaussures. On me demande de sortir de la salle. Il pleut dans la cour. Au moins, je sais que ma fille n'a pas vécu ça. Elle est morte très vite, sans s'en rendre compte, et personne n'a touché à son petit corps, sauf pour le couvrir de baisers propres, voler son odeur une dernière fois. Sauf qu'elle ne sentait déjà plus. La mort emporte l'odeur qui fabrique les mamans.

Ce soir, mon interview reprend.

La suite, je la connais parce que je l'ai lue. À l'arrivée des forces de l'ordre, l'un des deux enfants est déguisé en Zorro, l'autre en Pocahontas. L'assaut conduit les gendarmes à l'étage. Ils ont défoncé la porte, blessé le pédophile aux jambes alors qu'il essayait de se pendre. Les enfants hurlent de peur en voyant les uniformes et les armes. Ils croient à des grands déguisés. Puis ils se calment quand ils retrouvent le petit dans le fourgon. Serrés les uns contre les autres sous une couverture grise, ils attendent leurs parents avec une femme qui leur parle doucement. Ils ont les yeux ouverts. Ils les ferment sur l'épaule de leurs mères quand enfin elles apparaissent. Les mains des autres, depuis, sont pour eux des battoirs, des menaces. Les caresses sont des coups. Leur vie n'est plus qu'un long blanc.

XIX

J'étais avec Poj quand Carl est rentré. On nourrissait le chapitre 7. Une sorte de trêve, comme il dit, où je lui ai raconté tout ce que j'imaginais comme vies pour Hortense. J'ai donc passé en revue les scénarios que Carl m'empêche de développer depuis qu'elle a disparu. Poj ne m'a pas demandé des anecdotes gaies mais j'ai quand même senti qu'il avait besoin de ce qu'il appelle, comme l'éditeur, des respirations. J'ai donc laissé libre cours à mes fantasmes et longuement évoqué la meilleure version de ma vie : et si j'avais rêvé cette enfant que je n'ai jamais eue ? Je me réveille parfois en me disant que tout ceci n'a pas existé, avec la ferme résolution d'aller cueillir des fleurs, de porter une robe d'été, de partir à Iguaçu. Je m'inscris à un cours de danse ou à la salle de sport d'Omble, une ville sans souvenir, dont j'apprécie les ruelles. On repeint le salon, on change le carrelage de la cuisine, on fabrique une véranda, chauffée l'hiver. Parfait. Les idées s'enchaînent naturellement et les arguments s'appellent les uns les autres, dira l'éditeur.

Ce ne sont plus des soupirs que Carl lâche, mais de véritables râles. Il finit par nous interrompre, Poj et moi, pour se plaindre : « C'est pas bientôt fini vos conneries ? Je t'ai appelée toute la journée, je veux te parler, maintenant. »

Poj est gêné, il explique l'intérêt de ces passages un peu rêveurs, rêvés, il hésite entre les deux termes, pour donner de la couleur. Il n'y a aucune gaieté dans notre vie, dit Carl, arrêtez de nous faire chier. Il lui demande de sortir. Poj me regarde. Je ne m'oppose pas à la décision de Carl. Je m'en fous complètement de ce livre. Je vois Hélène Vannier faire des bonds dans son jardin en compagnie de deux copines de son âge. Elle rit, la tête en arrière. Athos, que Carl a laissé sortir, couine derrière notre grille. Il l'appelle. Son cerveau lavé ne lui permet pas de l'entendre. Elle est toute à son jeu de gamine en liberté. Poj ne bouge pas, alors Carl rabat l'écran de son ordinateur, empoigne son sac. Poj guette ma réaction, conseille à Carl de se calmer. On va voir tout ça tranquillement avec l'éditeur. Faire une petite réunion à quatre. Tout à fait d'accord pour une pause bien méritée. Quand j'entends pause, je pense aux suspensions du procès Brun. Je revomis. Et voilà, dit Carl comme si j'étais coutumière du fait. Il nettoie. Je monte dans la chambre.

Poj est parti. Dehors, Hélène Vannier tente un saute-mouton et s'explose lamentablement par terre. Les trois filles rigolent. Athos se met à aboyer. Carl sort pour le faire taire. Mais Athos continue, il aboie au ciel. Carl l'attrape brutalement par le collier et le tire à l'intérieur. Il lui gueule dessus. Je descends l'escalier à toute vitesse et je vois mon chien, les pattes avant pliées, les oreilles plaquées vers l'arrière, les yeux comme ceux des trois enfants aux assises. Je me jette sur Carl, de peur qu'il lève la main sur le chien, peut-être même que je le traite d'assassin. Le chien fait demi-tour, quatre pattes fléchies, il file sous l'escalier, recule jusqu'au mur, ni couché, ni assis, nuque baissée, les tempes creuses. Carl n'arrête pas mes coups, il est comme était Hortense, sans défense, alors je les poursuis. C'est froid, sec, sans parole. À la fin, j'ai mal aux mains et je m'assois. Il n'attend pas pour me demander ce qu'on fait. Tu t'es vue là ? Je ne réponds rien. Au bout d'un moment, je parle de la Poste : les recommandés et les colis me tapent sur le système. C'est pareil pour l'office du tourisme. Je ne veux pas travailler dans ces endroits-là. Je peux donner des cours de soutien à domicile ou reprendre la classe. On pourrait déménager ? Seules les promenades au rocher rond me manqueraient.

Il ne répond rien. Il va dans la cuisine. J'annonce que je vais arrêter le livre, c'est bon, on passe à autre chose, ça me remue trop de raconter le passé. Je dois retourner au présent. La colère remonte avec le présent, avec Carl debout dans la cuisine. Il faut que tout change. Je monte dans notre chambre et j'ouvre le placard. Je ne supporte plus ses vêtements. Chaque pull, chaque pantalon me rappelle les battues, les marches blanches, le quotidien, les sonneries de la porte et du téléphone, les nuits, les réveils, l'écho.

Je l'entends qui vide le lave-vaisselle pendant que je fais une pile avec ses vêtements. J'espère qu'il va casser des trucs. On ira tout racheter samedi. Il faut qu'on change. Moi pareil. Je vais changer. Changer tellement que j'irai faire du vélo pendant que Carl gardera le chien. Il est temps, sans tourner la page, de vivre un peu. Je vais vider la chambre d'Hortense, la repeindre, en faire une pièce à tout, détente, télé, repassage, bibliothèque.

Hélène Vannier a fini de courir. Ses deux copines s'éloignent et elle reste assise, devant sa maison. Elle lève les yeux vers moi et je lui fais bonjour, la tortue d'Hortense à la main. Comme si elle ne m'avait pas vue, elle suit un oiseau du regard. Un oiseau ? Mais il n'y en a pas. Athos est monté me retrouver dans la chambre d'Hortense. Il ne monte plus jamais à l'étage normalement. Il doit sentir que Carl est bizarre. Il a poussé la porte avec son museau et reste là, debout, tout raide. Il couine doucement. Je m'approche pour le caresser mais il se crispe, j'essaye de l'allonger mais il refuse. Il ne croise pas mon regard. Il file en courant, quand Carl déboule dans la chambre, furieux. Il a fouillé dans mon sac et tient mon portable à la main : c'est quoi ça ?

Le résultat de notes prises au dictaphone. J'utilise souvent le dictaphone de mon portable en conduisant. En sortant des assises, j'ai écrit à Brun, le volant dans une main, le dictaphone dans l'autre. Carl lit à haute voix :

« J'aurais pas mal de questions à vous poser et j'aurais aimé savoir si vous avez durant vos parloirs un moment à s'accorder. Je suis moi-même proche d'une petite fille qui a sans doute subi des c'est vis. J'aurais aimé bavarder avec vous de ce que vous avez à peler amour toute la journée afin de mieux comprendre comment vit ma fille depuis les dix dernières années. Au passage, je voudrais vérifier avec vous que vous ne l'avez jamais croisée. Il arrive en effet qu'on oublie sans le faire exprès des paons entiers de ses journées. Nézy t'es pas à me demander si quelque chose vous tente, dentifrice, nourriture, et je vous l'apporterai. J'ai beaucoup de questions dans la tête et mon mari ne peut plus supporter ma Rangaine-sur-Loing à ce sujet. Dans l'attente de votre réponse que j'espère positive, je vous prie de croire à mes merci maman anticipés. »

Pour une fois que je ris, Carl pourrait m'imiter. Mais plus je rigole, plus il tremble. Il a les larmes aux yeux, les joues roses. Il répète « T'as pas fait ça ? T'y es pas allée quand même ? T'as été aux assises ? Mais ça t'excite ou quoi ? Tu comptes faire quoi de ce que tu as entendu ? C'est dans ta tête maintenant ! C'est du fantasme, c'est ça ? Et tu fais quoi dans cette chambre ? Tu la vides ? Tu me demandes même pas ? »

Je réponds la vérité, je fais ce que je veux, je ne demande rien, juste qu'on me laisse tailler ma route à moi, chercher mes réponses, qu'on arrête la surveillance, qu'on me fasse confiance. Mais ça ne passe pas, il se met à crier, je m'empêche d'entendre, mais il crie trop fort, des accusations sur ma complaisance. Et après, alors que je réentends très bien, il laisse tomber : « C'est toi qui l'as perdue, tu l'as perdue et on ne la retrouvera pas, alors laisse-moi vivre ! » Dix ans pour sortir la seule phrase que j'attendais. Il ajoute qu'en touchant à la chambre, c'est à elle que je touche. Je la tue, pour toujours, et lui avec.

Après, je reste debout, lui aussi, on n'avance plus l'un vers l'autre, il répète que je corresponds avec un pédophile, et que je suis complètement timbrée pour correspondre avec un pédophile. La solution à nos problèmes, je l'avais sous les yeux, au parc, mais je les ai fermés pour compter, fatiguée encore une fois, et si ça se trouve contente de les fermer un moment et de m'extraire de là, du parc, de l'enfant après l'école, du dentiste, du bain, du dîner, du coucher. Si ça se trouve, je les ai fermés beaucoup plus longtemps que pendant vingt-sept secondes, et je sais que si c'est lui qui avait compté, il ne lui serait pas arrivé la même chose ; il aurait pensé à entrouvrir les yeux pendant que les secondes s'égrenaient. Quand on jouait, nous savions faire semblant de la chercher, Hortense, même quand elle se cachait en boule, par terre, à un mètre de nous, alors, franchement, on savait aussi faire semblant de fermer les yeux.

XX

J'ai fini par trouver le nom de l'instrument à cordes que les Vannier ont chez eux. Je demanderai à Hélène Vannier pourquoi leur dulcimer est accroché sur le mur de l'escalier, comme un Christ immobile. Si personne n'en joue, pourquoi est-il là ? D'où vient-il ? D'un lointain voyage accompli dans un but malsain ? Hélène me répondra, pas comme Géraldine qui, l'autre fois, a encore couru dans un sens opposé au mien en agitant quand même la main vers moi. Elle ne s'est pas arrêtée, et plaiderait évidemment le manque de temps si on lui posait la question. Elle me fuit, et Bertil nous fuit tous les deux. Carl s'en plaint. À cause de moi, il n'y a plus aucun espoir de tisser une amitié avec les nouveaux voisins. Comme si l'amitié avait quelque chose à faire chez nous. Boire un petit coup. Prêter sa perceuse. Rire de bon cœur. Hortense aimait beaucoup regarder les Christ en croix, surtout celui de Venaison, avec le sang qui sort de ses blessures.

À chaque fois que je trouve quelque chose, c'est comme si j'avançais dans l'enquête. Je ne parlerai plus à Carl de mes victoires, je ne lui dirai pas que le dulcimer est un instrument à cordes frappées des Appalaches et qu'il est utilisé dans la musique country. Il ne voudrait rien entendre, rien recouper. Il est passé dans le camp des ennemis. D'ailleurs il ne sait même pas qu'Hortense aimait tellement les westerns qu'elle rêvait qu'on fabrique des portes de saloon pour la cuisine, ni qu'elle aurait aimé devenir shérif plus tard. L'été 2007, je l'ai même emmenée au Festival Country-America. J'étais passée plusieurs fois devant l'affiche du festival et j'avais demandé à Hortense si elle aimerait qu'on fasse la fête à Omble, toutes les deux, entre filles et sans papa. Elle avait rigolé, sauté de joie, vite mis son chapeau de cow-boy. Un bob avec une pince à linge de chaque côté pour relever les bords. Au même moment, Carl faisait le tour des cols à vélo. Toutes les deux, on avait roulé vitres baissées, la 8 à fond, on s'était assises au soleil pour regarder les danseurs de country faire leur show. Nous avions mis des notes aux chemises brodées qu'on préférait et aux jupes. Mais pas aux jeans, non, car Hortense les trouvait nuls. Elle s'était vite mêlée aux danseurs, même si elle avait peur de leurs camarguaises. Carl m'avait appelée une fois mais je ne lui avais pas répondu. Je n'avais pas envie qu'il nous rejoigne, parce qu'il gâchait toujours les fêtes. Quand il débarquait, il fallait repartir aussitôt. Il arrivait pour nous prouver qu'il était là, avec nous, et pour que je ne lui reproche rien ensuite, mais il s'ennuyait tellement que l'ambiance retombait immédiatement. Très vite, je donnais le signal du départ. Je préférais mille fois qu'il continue à pédaler, qu'il rentre fatigué et mal à l'aise d'avoir fait sa vie sans nous. Sinon c'est moi qui étais gênée de lui imposer notre programme. Au lieu de répondre à son coup de fil, je m'étais levée de ma chaise pour danser avec Hortense. Où qu'elle soit aujourd'hui, elle doit s'en souvenir. C'est impossible d'oublier ce moment-là. Il est si fort qu'il efface tous les mauvais. Les rougeurs tenaces sur le visage, pas seulement l'hiver. Parce qu'elle aimait se battre avec ses copines. Et les bleus, comme un boxeur. On dansait comme deux princesses, elle sur la pointe des pieds avec les bras gracieux qui prenaient la pause comme des cous de cygne. J'aimais trop l'aimer à ce point. Ça compensait les jours où je voulais pédaler loin d'elle, autour des cols. Et c'était mieux. Elle avait mangé deux glaces, et une encore pour accepter de rentrer à la maison sans râler.

Le téléphone sonne dans le salon, c'est long, ça n'en finit pas et Carl ne répond pas. Je veux me relever pour aller décrocher mais, à ce moment-là, Hélène Vannier franchit la porte de ma chambre. Elle s'avance vers moi en glissant. Elle porte sa doudoune courte. Elle tend ses bras et elle m'appelle maman. Elle m'appelle au secours. Elle dit que, dans la maison d'en face, ses faux parents la séquestrent. J'ai raison sur tout depuis le début, alors il faut faire vite, elle ne peut plus jouer la comédie. Elle me demande la permission de revenir ici, à la maison, et chaque fois qu'elle demande, elle glisse encore, d'avant en arrière, sur le sol de glace. Je jette un œil en bas, vers le parquet, vers le tapis. Normalement, ça ne glisse pas. On n'est pas dehors ici. Tu as tout compris, répète-t-elle pour que je relève les yeux, tu sais tout, alors reviens me chercher, enlève-moi. Après, elle prononce des bribes de phrases, les laisse pas me, empêche-les de, demande-leur de ne pas. Je sens que la matière de ses mots est bizarre. Ils sont plats, ils sortent de sa bouche comme les feuilles d'une imprimante, le bruit est le même, ils ont des bords aiguisés, ils me coupent les joues quand elle me parle, elle approche sa main pour me toucher la peau, je pense qu'elle veut me recoudre. Elle m'avoue que le jour où je l'ai raccompagnée aux Rousses en voiture, elle a bien sûr reconnu le ploum-ploum. Elle veut aller boire un viennois, évidemment, et même trois, autant que de glaces au Festival Country-America. Nous allons nous enfuir. Son sac est prêt, elle a déjà rangé des affaires dans ma boîte à gants parce que je laisse toujours ma voiture ouverte. Elle a raison. Je la laisse ouverte pour qu'elle puisse s'y cacher. Elle sait fermer une portière à clef, elle sait klaxonner, elle pourrait se cacher dans la voiture et m'appeler. Il y a un mot pour elle et toujours un paquet de Pie qui Chante à la menthe qui l'attend.

Elle glisse vers l'avant pour m'embrasser, c'est moi qui écarte les bras cette fois.

Carl est au-dessus de moi, il les repousse. Il me tend le téléphone. Ton éditeur, dit-il, avant de m'ordonner : « Réveille-toi, réponds-lui, dis que tu laisses tomber le livre, dis-lui maintenant. »

Il y a des ponts entre mes rêves et ma vie. Je ne suis pas du genre à dormir pour passer le temps. J'ai souvent eu raison dans mes rêves. Ils se vérifient. Je sais faire la différence entre un rêve loufoque et un rêve relié à la vie. Le rêve que je viens de faire est une preuve. Rien de moins. Quand je voulais sortir avec Carl, j'ai fait un rêve prémonitoire. Il ne se décoinçait pas pour faire le premier pas et moi, pour le faire à sa place, il me fallait des certitudes. Alors j'ai rêvé. Et j'ai su. Mes rêves sont limpides. Carl insiste pour que je prenne le téléphone. Il s'assoit à côté de moi. Je déteste son pull à zip froid. Il ne détache pas son regard de moi. Moi qui n'ai pas été fichue de garder les yeux ouverts sur notre fille au parc.

Je vais le dire à l'éditeur. J'arrête le livre parce que Carl pense que je suis coupable. J'ai laissé notre fille sans surveillance. Si ça se trouve, je me suis assoupie vingt-sept secondes et j'invente un cache-cache qui n'a pas existé. Je ne fais pas le livre parce que ma fille vient de traverser la rue et de monter dans ma chambre pour me dire qu'elle est revenue. Je ne fais pas le livre parce qu'elle habite en face, j'avais raison. Donc je cède mes couvertures de livre en forme d'avis de recherche à une autre mère dont je connais la douleur. Moi, je suis sortie d'affaire. Tout va rentrer dans l'ordre et ne sera bientôt qu'un mauvais souvenir. Carl plaque le téléphone sur mon oreille. L'éditeur dit « Allô ». J'essaie d'ouvrir les lèvres. C'est si difficile. Je me demande si Hélène Vannier ne m'a pas cousu la bouche avant de repartir. J'ai un secret. Carl ne doit rien savoir. On va partir toutes les deux sans le dire à personne. On verra plus tard si on lui demande de nous rejoindre mais, a priori, non. Il gâcherait la fête. Il est mieux sur son vélo. L'éditeur dit « Allô » et Carl insiste. Parle-lui ou je le fais moi-même. « Découragement normal, gros bouleversement tout ça, on va se reprendre. » L'éditeur parle. Il me sent à l'autre bout. Moi ou Carl. Il dit « Vous ». Je l'entends de moins en moins. Il fait partie des murs. Je refuse le combiné. Carl le reprend, il explique à l'éditeur que je me repose, mais que ce n'est plus la peine de rappeler, le livre ne se fera pas. Raconter la rend dingue. Il ne dit pas que ça me fait mal. On voudrait être tranquilles, ne venez plus. Je ne reconnais plus Carl, il se dézippe.

Après, il sort de la chambre. Avant, il n'aurait pas fait ça. Il ne m'aurait pas laissée seule en s'éloignant. Il a un nouveau moteur. Je ne sais pas qui le lui a installé. Je referme les yeux. Elle va revenir, je sais qu'elle va revenir m'indiquer la marche à suivre, l'heure du départ, la ville d'arrivée. Elle a tout prévu pour me retrouver.

Carl remonte en me parlant de dernière chance. Ce soir, les Vannier donnent un concert chez eux et ils nous ont invités. « On y va et ce n'est pas négociable. Tu t'habilles et c'est tout. » Je suis trop lourde pour me lever, j'ai pris un cachet rose, deux ou trois, je ne sais pas, je fais ça pour enquêter via mes rêves, je m'expédie. Carl précise l'heure. « À dix-neuf heures, on part, habille-toi. »

Il redescend et Hélène Vannier revient me voir. Elle est beaucoup plus petite, elle a la voix d'Hortense. Je lui dis d'aller se préparer, je demande de quel instrument elle va jouer.

Hélène joue du piano et Ludo de la guitare. Après le concert, apéro. Ils ont invité plein de monde. « Habille-toi, lève-toi, on y va. » Carl est remonté dans la chambre, on dirait. Je ne comprends pas que les Vannier m'invitent. J'imagine que, pour des raisons de bon voisinage, ils ne peuvent y échapper. Ils passeraient pour des sans-cœur. Ils préfèrent encore m'avoir chez eux que d'assumer de m'avoir laissée chez moi. Et puis ils doivent avoir pitié de Carl.

Hélène Vannier est de retour. Triste. On l'oblige à jouer d'un instrument qu'elle n'aime pas. Elle, elle adore le dulcimer. Tu te souviens ? me demande-t-elle. Elle ne glisse plus du tout, elle adhère bien au sol. Elle se couche sur mon lit. Elle dit « maman », deux fois. Je lui sors des mots d'amour mais Carl se penche sur moi. Son souffle sent le pain grillé. Mes mots sont restés là, posés sur l'oreiller, ils sont géométriques, l'un rectangle, l'autre carré, Hélène

Vannier ne les a pas emportés, et le souffle de Carl les grille. Il faudrait les manger. La petite est partie sans ses tartines. Il s'assoit, les écrase. Il répète « Tu as pris quelque chose ?, lève-toi, habille-toi, on y va ». Il me houspille, il ne sait rien, il ne sait pas qu'on va fuir et pourtant c'est ce soir qu'on va partir.

XXI

On fait comme on a dit. Hélène Vannier reste discrète. Elle me salue du bout des lèvres et s'éclipse vers d'autres invités. Nous sommes nombreux. En quelques semaines, les Vannier se sont parfaitement intégrés. Les escrocs sont sympathiques, c'est bien connu. Presque tout le village est là, comme aux marches blanches. Dès qu'ils nous voient, les gens ont tendance à se fermer. Leurs sourires se crispent. Ils sont gênés d'être heureux devant nous, et gênés pour nous d'oser être là avec eux. Adrienne est venue elle aussi. Elle a reçu mon message sur le droit de visite, et répète « calmos ». Ce matin, je lui ai demandé de m'aider à rencontrer Patrice Brun. Elle prend Carl à témoin. Michel Florent exulterait. *La mère-accordéon n'a qu'une idée en tête, retrouver sa fille par tous les moyens.* Carl répond qu'on vient d'en parler tous les deux et que c'est oublié. On a décidé de passer à autre chose. Il complète sa phrase par « Hein ? ». Il ne m'interpellait pas ainsi du temps du gilet gris, il prenait ma température générale, sans jamais me mettre au pied du mur. Il ne peut plus me blairer, ça se voit.

« Carl a raison, tu te fais du mal », insiste Adrienne en me pressant le bras. Elle a l'air de sortir d'un *Maigret.* Je ne me sens plus du tout à mon aise dans cette vie-là. Elle répète qu'il n'y a aucun rapport entre Brun et Hortense, et que toutes les investigations nécessaires ont déjà été menées. Elle utilise les mots de l'enquête, j'ai l'impression de vivre dans un film. Je viens de retrouver la vérité. Après, elle passe à autre chose, le temps, le printemps, j'imagine qu'elle espère qu'on parle de son copain, mais je ne sais même plus comment il s'appelle. Je roule déjà avec Hortense, loin des Rousses. Je voudrais retourner sur notre île, au soleil, et retrouver son sac à dos jaune. Quand nous sommes parties toutes les deux à Djerba, elle avait emporté toutes ses poupées à la plage. Nous sommes allées nous baigner, nous avons esquivé des vagues invisibles sur le lagon plat et, au retour, son sac à dos avait disparu. Pas mon sac, juste le sien. Carl était désolé quand on l'a appelé pour lui raconter le petit drame. Il faisait un stage d'arts martiaux, il a parlé de judo avec Hortense, du jour où il l'emmènerait camper, du bébé chien qu'ils iraient chercher au retour, pour tenir compagnie à Athos. Elle a demandé si ça pourrait plutôt être un bébé koala et elle a raccroché moins triste.

Je ne peux pas m'empêcher de regarder Hélène. Elle se déplace en meute, avec ses copines. C'est drôle. Ses copines se sont faites belles pour la soirée. Le dulcimer a été décroché du mur. Je ne sais pas si je dois attendre que le concert commence pour me rapprocher de la porte. Il faudrait quand même qu'on se parle, elle et moi, afin de nous mettre d'accord sur la marche à suivre. J'ai mis un sac dans le coffre de la voiture pendant que Carl se douchait. Je ne connais pas notre destination. C'est pourtant à moi d'imaginer la suite, même si je ne compte pas me cacher bien longtemps. Je suis la mère d'Hortense, donc il ne sera pas si difficile de lui restituer sa véritable identité. Mais Hélène pense que c'est plus compliqué que ça. Elle porte le nom des Vannier. Notre départ aura l'air d'un rapt. Tout à l'heure, j'ai essayé de la rassurer à ce sujet, même si je ne sais pas comment je vais me débrouiller. Mais je trouverai. Adrienne, en tout cas, n'est plus dans mon camp. Je vais devoir prouver qu'Hélène Vannier est Hortense. Peut-être qu'à Djerba tout est différent. On va partir. C'est la bonne idée, Djerba.

Hélène Vannier parle avec Bertil. Il me regarde. Je pense à Athos. Je ne veux pas le laisser. Quand on démarrera, je le ferai monter dans la voiture. On s'arrangera pour les croquettes. Je les lui broie depuis quelques jours, il n'arrive plus à les mâcher. Inès trouve que c'est de l'acharnement de garder un chien dans cet état. Il se dégrade, son ventre se creuse, ses côtes apparaissent, son front se ramollit. Elle parle d'un cancer mais le vétérinaire n'a pas été alarmiste. Il a surtout fait état de son grand âge. Un très vieux chien. C'est tout. Buzin dirait de ne pas compter sur le vent pour libérer les paroles coincées dans les murs. Ou Florent. Je les mélange parfois.

Bertil me regarde encore, avec insistance. Son visage s'est raidi depuis mon arrivée. J'espère qu'Hélène Vannier ne compromet pas notre évasion. J'ai tellement hâte qu'elle rajeunisse. Je ne peux pas m'empêcher de penser qu'à un moment elle va rejoindre ses quatre ans. En fait, Djerba n'est qu'un immense bac à sable où les enfants portent des chapeaux de paille plutôt que des bonnets péruviens. Là-bas, je la retrouverai sûrement. On regagnera les dix ans perdus.

Géraldine tape dans ses mains pour réclamer de l'attention. Le concert va commencer et les enfants prennent place. Carl me fait signe de venir m'asseoir parce que je suis toujours debout, près de la porte. Il ne m'a jamais autant énervée. La colère lui va mal. Elle le rosit. Sa bouche se pince. Ses yeux sont trop grands face à l'horreur. C'est moi.

Tout le monde est déjà assis. J'obéis pour ne pas attirer l'attention sur moi. Hélène se met au piano, Ludo au dulcimer. Il y a vraiment quelque chose qui cloche. Hortense n'a jamais fait de piano. Son truc, c'était la country, donc le dulcimer, oui, d'accord, mais le piano c'est impossible, on ne l'a pas contrariée à ce point. Elle commence par fermer les yeux. Je pouffe. Quel cirque ! Carl se glace, il me donne un coup dans le bras, assez doucement pour que personne ne voie, assez fort pour me faire mal. Je secoue la tête, accablée. Après j'arrête. Je me tiens. On va partir. En attendant, je supporte la mascarade. Ma fille au piano, n'importe quoi. Bertil ne s'est pas assis. Debout contre l'escalier, il continue à me regarder. Il essaye d'être discret mais c'est flagrant. Est-ce qu'au moins j'ai pensé à m'habiller pour venir ? Ludo commence à jouer du dulcimer. On touche le fond. Vivement qu'on soit dans la voiture, la 8 à fond. J'ai oublié de regarder ce qu'elle a mis dans la boîte à gants. Avant, elle aurait emporté des doudous. Aujourd'hui, est-ce que ce sont des habits ? Des carnets ?

Les invités applaudissent. Le temps est passé plus vite que prévu. Il est possible que le cachet rose provoque des micro-sommeils, avait dit le docteur Georges, me recommandant de ne les prendre qu'à la maison. Déjà, le concert s'achève et les invités, debout, aident Bertil à repousser les chaises au fond du salon. Je trouve enfin le moyen d'aller voir Hortense. Je chuchote, elle fronce les sourcils. Elle fait non avec la tête et Bertil rapplique aussitôt pour la féliciter, la prendre par l'épaule et lui demander de s'éloigner. « Toi, tu rentres chez toi maintenant », me dit-il. Hortense est mal à l'aise, elle regarde ailleurs, il la somme d'aller retrouver ses amies. Il y a quelque chose de brutal en lui. « Donne le collier », me demande Bertil en tendant la main. « Demain, je porte plainte », ajoute-t-il. « Je ne veux pas d'esclandre, rentre chez toi. » Il parle dans sa barbe. Carl est venu tout près. Il regarde mon collier avec l'étoile filante. Il porte une main à sa bouche, retire le collier de mon cou, demande pardon en le tendant à Bertil, puis il attrape ma main, il la broie, il traverse le salon pour prendre nos manteaux, les garde tous les deux sur son bras jusqu'à ce qu'on soit à la maison.

« Ah oui, c'est vrai, j'oubliais que tu l'as acheté à Omble ton collier ! » Il crie, ça ne lui va pas. Il crie rose. Il demande si je l'ai volé, d'où il vient, si c'est la fois où je suis entrée chez les Vannier, et surtout comment j'ai osé faire ça.

On sonne à la porte. C'est Adrienne. Elle a déjà essayé de dissuader Bertil de déposer une plainte mais il compte le faire quand même. « S'il ne le fait pas, ce sera moi », renchérit Carl. Adrienne raconte que j'ai volé le collier à la petite Hélène Vannier, dans une boîte en fer qu'elle avait cachée dans son jardin en attendant l'anniversaire de sa mère. « Il y avait une carte avec, où est la carte ? C'est mieux si tu me la rends. Il verra que tu fais un effort. »

Je ne bouge pas.

Adrienne est plantée dans le salon. Après Maigret, c'est au tour de Colombo, tenace et psychologue. « Allez, ne te laisse pas envahir, tu vas y arriver. Rappelle-toi le boulanger de Venaison et ses chaussures marron et vert Kalandji. Lui aussi a failli porter plainte contre toi, mais il a eu pitié. Je dis pitié mais ce n'est pas négatif. C'est pour te montrer que les gens ne te veulent pas de mal. Le boulanger avait les mêmes chaussures que le ravisseur mais ce n'est pas pour autant que tu pouvais l'épier, le menacer. Il y a au moins trente mille personnes qui doivent avoir ces pompes-là dans la région. Je te l'ai déjà dit à l'époque. Tourne pas les trucs en boucle. Et ne le prends pas mal quand je te dis les choses en face, c'est pour toi. Il faut remonter la pente avant que ça tourne mal. »

« Elle ne prend rien mal, interrompt Carl. Parce que plus rien ne la touche. »

Après, ils font des blancs.

Ce n'est pas tous les jours fête. Demain, je sais que Michel Florent écrira, tout en métaphores : *La mère-accordéon a gonflé, a dégonflé. Tel un crapaud. Son corps, comme s'il était tiré par trois chevaux, a démarré au triple galop. Elle a gravi l'escalier à la poursuite d'un fantôme.*

XXII

J'ai appelé Linda en arrivant devant le bureau de poste. On est dimanche et c'est fermé. Je me suis trompée. En revanche, ce serait bien qu'on ait une petite conversation demain au sujet de mes absences de la semaine. Il faut la prévenir quand je manque. Elle peut m'aider, aménager mon temps, elle sait très bien ce qui m'arrive mais elle ne peut pas me couvrir. Tout le monde m'en veut, on dirait. Au bout de dix ans, on exige moins de laisser-aller de ma part. Il faut que je parle à Hélène. Je me sentirai mieux après. Ce matin, je l'ai aperçue mais Ludovic Vannier m'a barré le chemin. Ils étaient tous les deux dans leur jardin, occupés à ranger les chaises pliantes de la soirée dans leur garage. J'ai fait un signe de la main à Hélène et son frère est venu à ma rencontre en me demandant de laisser sa sœur tranquille. Je ne l'avais jamais vu si grand. Il est beaucoup trop vaste pour être vrai. Une armoire à glace, pas si haute finalement, mais quand même, je me suis vue dedans. Le genre de jeune type, ai-je pensé, qui vous refuse d'emblée tout accès à lui. Trop bornée comme personnalité. J'étais ravie de savoir profiler de mieux en mieux, en un regard, en une phrase. Ça y est, j'ai l'œil. Il a menacé d'appeler son père à la rescousse si je restais plantée là. Évidemment, j'ai fait marche arrière, je n'ai pas insisté et je suis montée dans ma voiture. Hélène a gardé les yeux baissés.

Elle craint de se trahir, ou alors elle mijote quelque chose, elle est en train d'abandonner notre projet. Si c'est le cas, je saurai en lui parlant la ramener à de purs sentiments. Hier soir, son pseudo-père m'a sûrement traitée de voleuse. C'est difficile pour elle de se faire sa propre opinion sur moi maintenant. Quand on a décidé de fuir, elle m'avait appelée au secours. Mais là, elle doit être complètement perdue. Je ne suis pas une voleuse et je veux le lui expliquer. Je suis quelqu'un de bien. D'ailleurs, de nos quatre ans et neuf mois passés ensemble, elle n'a pas grand-chose à me reprocher. À part une gifle ou deux. À part quelques gifles, d'accord.

Je n'ai pas envie de rentrer chez moi. Carl est concentré sur une nouvelle série d'affiches. Il ne sortira pas avant que ce soit terminé, ce qui va lui prendre toute la journée. Même de la chambre d'Hortense, je me sens expulsée. C'est comme si on savait que j'étais déjà partie. Carl a vidé le contenu des cartons que j'avais faits et tout remis en place mais ce n'est pas exactement comme avant. À son époque, il vivait peu là. Il ignore qu'elle rangeait son poussin dans le petit pot de terre cuite qu'elle avait fabriqué à Djerba. Le pot devait toujours être disposé à l'identique, jamais autrement, car il fallait qu'il forme une coquille, et ça ne marchait pas dans tous les sens.

Je roule vers Omble. La neige tombe à nouveau. Je ne me suis pas assez couverte mais je ne remonterai pas la vitre de la voiture. Il faut qu'Hortense puisse m'appeler, qu'elle puisse appeler Maman, comme le jour de la gifle. Je l'ai giflée parce qu'elle m'a appelée une fois de trop. Il y avait eu deux ou trois cents maman prononcés dans la journée, comme des ordres ou des prières, et le son m'écorchait l'oreille. Alors j'avais demandé le silence pour quelques minutes, le temps de préparer le repas. Carl faisait le tour des cols et Hortense était revenue, malgré ma demande de silence, pour réclamer : Maman tu peux refaire le nœud de ma poupée, maman tu avais dit que tu découperais le petit cœur, maman je pourrais avoir de la moutarde avec ma carotte, on mettra du ketchup dans les pâtes hein maman, maman, regarde, le chien bouge les pattes en dormant, maman je veux mon château de princesse, maman tu pourras acheter du scotch, tu sais maman le petit scotch pour les murs, le petit scotch qui ne fait pas de trace maman, le petit scotch qu'on mettra un peu partout, je voudrais tant qu'on dessine une souris en scotch maman, le petit scotch maman, mais rose, tu le prendras rose, le petit scotch maman, ou le doré avec les ananas, ou les deux, ou bien trois scotchs maman parce que j'aimerais bien qu'on en achète du fuchsia, j'aime de plus en plus le fuchsia, avant j'aimais pas le noir mais maintenant je sens que je vais aimer le noir, mais pas sur le scotch maman, tu ne vas pas prendre du scotch noir surtout, après le dîner on ira acheter le petit scotch maman ? On lit un livre maman ? Deux livres. Je veux lire un *Pom d'Api et la reine des Bisous*. Mais on va le lire deux fois d'accord ? Maman ? Ou alors tu me mets un disque maman, parce qu'un film j'ai pas le droit, si ? Demain il y a école maman ? Demain c'est quel jour maman ? Lundi ? Mercredi ? Dimanche ? Maman ? Je te parle maman ! Alicia, elle a lancé sa boulette sur Ahmed et elle a été punie à la cantine. Hein maman ? Elle a lancé sa boulette, t'imagines ? Et Colin, il a menti, il a dit qu'il avait mangé ses betteraves alors qu'il n'avait pas été servi. Si tu pouvais faire un nœud à oreilles à mon bracelet maman, j'aimerais bien. Et ma poupée aussi maman, pense à ma poupée. Je ne peux pas jouer si mon bracelet n'est pas attaché, tu le fais maman ? Maman ?

Des mots sont sortis de ma bouche comme des chiens d'arrêt. Chut. Stop. Silence. Elle a baissé la tête mais pas les yeux. J'ai hurlé que, ce silence, je l'avais exigé parce que j'en avais besoin, maintenant, et qu'elle disparaisse. Elle a couru dans sa chambre mais elle a claqué la porte. Je m'en voulais si peu d'avoir crié tellement fort que de nouveaux chiens sont sortis et se sont précipités vers sa chambre. Hortense a dit « Maman, tu m'avais promis que tu ne recommencerais pas ». Et la patte d'un molosse s'est abattue sur son visage. La gifle a balayé Hortense sur le côté et l'a envoyée cogner contre les montants de son petit lit vert. Elle s'est recroquevillée dessus, comme elle en avait l'habitude, en boule, la tête dans les mains, sans bouger, sans même regarder vers moi pour dire « maman ». Elle ne pleurait pas. Elle attendait. Je n'ai plus bougé. Les chiens aux respirations fortes sont restés aux ordres, sauf Athos qui nous avait rejointes et furetait partout.

Les chiens ont fini par se coucher. J'ai repris ma voix normale, j'ai rappelé à Hortense que j'avais demandé le silence, que j'attendais donc des excuses, j'ai dit « donc », et qu'elle me rejoigne à la cuisine quand elle serait calmée. J'ai claqué la porte en sortant de sa chambre. Une fois dans la cuisine, j'ai eu peur d'avoir laissé un chien à l'intérieur de la chambre. J'avais les yeux anormalement secs, des oursins dans la gorge. J'ai crié sur Carl, le vélo de Carl, et « maman-

maman-maman ça va bien, maman est fatiguée, maman n'en peut plus». Hortense n'est pas sortie de sa chambre. J'ai pris une voix très dure pour lui dire À table. Et quand elle est arrivée dans son pyjama blanc à petits points dorés, la trace de ma main sur sa joue et des plaques rouges sur le cou, murmurant «ploum-ploum», je l'ai houspillée pour qu'elle vienne avec moi se passer un coup de frais sur le visage. «Un coup de quoi ?» a-t-elle demandé avec un mouvement de recul. Elle tenait Athos par l'oreille. J'ai préféré conserver mon ton froid mais mes gestes s'étaient radoucis. J'ai essayé de réparer la gifle en passant le gant tiède tout doucement et je l'ai coiffée d'une caresse dans les cheveux. Elle faisait peu de mouvements, elle avait peur de dépasser. Mes petits élèves ont toujours estimé que j'étais la plus gentille des maîtresses. La trace de mes doigts zébrait encore la joue d'Hortense quand, au dessert, elle a demandé son Flanby en rigolant. Tout était oublié. Comme chaque fois, j'ai pensé à ce que je dirais à Carl s'il rentrait et voyait la trace de mes doigts sur sa peau. Je voulais lui éviter la fin, si lente, qui lui coûtait tant, la fin si lente du dîner. Lui permettre encore, au moment où il passerait la porte de la maison, trois heures après nous, de vivre un peu, d'être libéré de toute obligation familiale. J'ai trouvé quoi dire : tu devrais prendre une douche, tu sens un peu la sueur. J'ai couché Hortense pendant qu'il se douchait. En allant l'embrasser, il n'a pas vu sa joue. Et elle n'a rien dit. Donc elle a eu mal, et pas lui. À chaque fois, j'ai pensé que j'allais arrêter, mais Carl me donnait toujours une bonne raison de taper sur ma fille. Je sors un bloc de mon sac. Je vais lui écrire. J'aimerais bien qu'il sache tout ce qu'il a raté. Cher Carl.

Mon cher Carl,

Le parc de la Cartoucherie d'Omble est désert, comme le 23 janvier 2008 à 12 h 15. Il fait trop froid malgré l'espoir que tout le monde met dans le début du printemps. Je m'assois quand même sur un banc. Le 23 janvier 2008, Hortense est montée dans l'araignée qui me fait face et a réussi à franchir les deux premiers niveaux. Tu aurais été fou de joie de voir avec quelle agilité, quelle souplesse, elle se hissait vers le haut. Je lui ai demandé de redescendre avant qu'elle arrive au sommet mais elle ne l'a pas fait. Une minute après, toute fière, elle a écarté les bras. Je n'ai pas répondu à ses signes, j'ai senti des chiens prêts à s'élancer dans ma bouche. Trop haut. J'ai dit Non. Redescends. Obéis. Toi, tu aurais dit « Laisse-la, fais confiance ». J'ai apaisé les chiens. Je suis allée au pied de l'araignée pour lui demander de ne pas remonter si haut, doucement. Elle a joué au ras du sol, longtemps, avec les cordes les plus basses. Elle a fait semblant de se coincer le pied et j'ai fait semblant de la libérer. Une petite fille est passée et Hortense a voulu lui montrer qu'elle m'aimait plus que tout alors elle a dit que j'étais la plus super des mamans et que c'était trop bien Djerba. Toutes les deux sans papa. Elle ne l'a pas dit mais ça me fait du bien de te l'écrire. Je suis retournée sur le banc. Après, elle est descendue au bac à sable sans me prévenir. Je l'ai retrouvée, je lui ai demandé de ne jamais recommencer. Elle a levé ses yeux vers moi et j'ai baissé les miens vers ses chaussures en poulain vert. J'ai refait un nœud à oreilles. Elle a filé. Au bout d'un moment, j'ai dit qu'on allait se promener dans Omble, faire quelques courses, et qu'on retournerait au parc jusqu'à l'heure du rendez-vous, mais Hortense a refusé. « Je veux rester ici », a-t-elle dit, bras croisés, sourcils froncés. Les chiens ne sont pas sortis tout de suite. Je me suis assise sur un banc et j'ai attendu. Ils grattaient à la porte mais je n'allais pas leur ouvrir. Le plus gros de tous a pris ma langue pour un tapis, il s'est roulé dessus. J'étais agitée, et tu m'as appelée pour me dire que tu ne viendrais pas chez le dentiste comme convenu, parce que Jacques et Alain avaient besoin de toi à l'imprimerie. En bon père, tu as demandé qu'on t'appelle après. Et qu'on garde bien la petite dent. Comme je me taisais, tu as précisé : pour la souris. Je n'ai pas réagi. Tu as dit qu'on la lui mettrait sous son oreiller. Je n'ai pas réagi davantage. Tu as demandé si ça allait. J'ai dit « oui ». On a raccroché.

Mon téléphone vibre. C'est l'éditeur. Je peux lui raconter que je rassemble mes souvenirs. Même le jour de la dent, Carl a trouvé mieux à faire que moi. Évidemment, on n'avait pas besoin d'être deux. Si on commence à faire un pataquès pour une dent de lait, qu'est-ce que ce sera le jour de l'appendicite. L'éditeur me laisse parler puis il pose des questions. Il soupire quand j'évoque la petite souris. Ça lui rappelle des trucs. Il attend de pouvoir caser Poj dans la conversation. Une petite fille en doudoune bleu marine essaie de grimper dans l'araignée. Hortense a eu une doudoune bleue, elle aussi, avant la rouge. Je le dis à l'éditeur. Puis je lui parle d'Hélène Vannier. C'est bizarre qu'on n'ait jamais parlé d'elle ensemble. On écrit un livre sur la disparition de ma fille et, à aucun moment, je ne lui ai raconté qu'elle s'était installée en face de chez moi. Je lui explique qu'elle m'appelle au secours. Au début, non, d'accord, mais là tout se dénoue. Elle a été enlevée par un réseau de malfrats, mais plutôt à l'écoute des enfants, elle n'a pas vécu l'horreur mais je me retrouve contrainte au silence. Carl ne veut rien savoir. Adrienne, idem. Tout le monde s'obstine à considérer qu'Hélène Vannier n'est pas Hortense. Or elle est venue me voir pendant mon sommeil. C'était hier, juste avant le concert chez elle. Elle est venue et m'a proposé de fuir. À ce propos, est-ce qu'il saurait démontrer que ma fille est ma fille ? La maison d'édition a bien un service juridique ? Parce que Hélène Vannier a peur, comme moi. Elle sait malgré ses quatorze ans que bien des obstacles nous attendent. Quoique l'ADN, c'est pratique. C'est imparable, n'est-ce pas, la preuve par l'ADN ? Ce sera rapide ou pas ? Le problème, c'est que Carl est resté si étranger au sujet que je ne vois pas comment ça pourra s'arranger avec lui. On va se quitter. Vous voyez, je savais que ma fille était quelque part.

Au lieu de s'étonner, l'éditeur prend une voix chiffonnée pour me demander si je suis bien avec Carl. « Bien comment ? je demande. Bien épanouie ou bien heureuse ? Je viens de vous dire le contraire. Vous m'écoutez ou pas ? » L'éditeur répète « Je sens que vous n'allez pas très bien, c'est ça, n'est-ce pas, ça ne va pas fort ce matin ? Carl est-il avec vous ? »

« Moi, je suis avec lui en tout cas », dis-je en raccrochant et en rouvrant mon bloc. J'ai deux trois choses encore à lui écrire.

XXIII

J'ai attendu que ses parents sortent, et quand Ludo a couru derrière eux pour les accompagner, j'ai bien vu qu'il manquait quelqu'un. Hélène m'a ouvert sans hésiter et pourtant elle a demandé avant qui c'était. À mon nom, elle aurait pu inventer une excuse mais non, elle m'a ouvert. Je suis entrée et je n'y suis pas allée par quatre chemins. Je lui ai demandé si quelque chose avait changé depuis hier, si c'était à cause du collier volé. Elle est restée floue. Elle a juste observé que c'était bizarre de voler ce collier et de le porter pour la soirée. Je me suis excusée, elle a incliné la tête en guise de « oui » puis elle a rouvert la porte pour que je sorte mais je suis restée là. Elle doit partir. Son frère l'attend. Je lui dis que c'est faux, j'ai vu Ludo dans la voiture avec ses parents. Elle répond qu'ils seront de retour dans deux minutes. Elle semble avoir tout oublié de nos projets. Et notre départ ? lui dis-je. Sa bouche tremblote. Je lui fais peur alors je regarde ses mains épaisses qui triturent la poignée de porte, sa mouche près de la lèvre, ses yeux même pas bleus. On part ? Elle fronce les yeux. Elle ressemble de moins en moins à Hortense. Elle me répète qu'elle s'appelle Hélène, Hélène Vannier. J'ai envie de voir sa nuque.

Je lui demande de baisser la tête. Elle gémit « non ». Il ne faut pas qu'elle ait peur, je veux juste voir sa petite tache sous ses cheveux. « Ou le pli sous ton pied si tu préfères ? »

Elle garde la tête bien droite. Elle ne me propose pas de m'asseoir avec elle. On pourrait jouer à la console. Elle répète que je dois m'en aller, qu'elle n'aurait jamais dû m'ouvrir. Alors j'avance dans le salon, je parle un peu des années passées, je demande pardon, je dis qu'on va pouvoir recommencer. Elle secoue la tête. Elle reste devant la porte, la porte ouverte. Elle menace d'appeler ses parents, je lui demande encore si je peux regarder sa nuque, elle pousse un gémissement, mais elle ne part pas. Elle reste debout, un pied dehors. Je lui promets que je m'en irai quand j'aurai vu sa nuque. Je lui demande d'effacer la mouche sur sa bouche, de me montrer sa petite étoile. De là où je suis, je vois que des larmes lui montent aux yeux, mais soudain une meute de chiens s'empare d'elle. Elle entre et ressort aussitôt sur le pas de la porte avec un parapluie, elle le brandit en me demandant de dégager. Hortense ? En réponse, elle me traite de folle, elle dit « tarée, timbrée, malade, dégage ». Elle a aussi attrapé son téléphone on dirait. Elle compose un numéro, elle dit maman d'une main, le parapluie dans l'autre. Les gendarmes, vite, elle pleure au téléphone. Elle recule encore, le parapluie toujours droit devant elle. Je la regarde pleurer, comme j'ai regardé pleurer Hortense le jour du gâteau, le jour où je lui avais demandé de m'attendre pour transvaser dans un moule la pâte qu'on venait de préparer. J'avais tout posé sur un tabouret à sa hauteur. Elle ne m'a pas attendue pour remplir le moule et la préparation est tombée par terre. Elle a appelé maman, je savais que le mal était fait, je savais que les mères répondaient aux drames par des paroles réconfortantes. Les institutrices aussi. Je me souviens avoir dit gravement : Et voilà, on mangera du pain. Elle a retenu ses larmes très peu de temps. Elle a attrapé un sopalin pour éponger. Je suis repartie faire autre chose. Je l'ai laissée tremper son sopalin trop fin dans l'épaisse préparation, l'essorer sur la poubelle, récupérer ce qu'elle pouvait dans ses petits doigts, puis mes chiens à moi se sont excités et je suis revenue près d'elle, furax, pour dire « Stop, c'est bon, je vais nettoyer. File ou disparais. Dégage ». Peut-être pas dégage, mais peut-être pire. J'ai lu qu'il y a plein de femmes comme moi qui n'épargnent pas leurs enfants parce qu'elles en veulent au père.

Le 23 janvier 2008, vers 13 h 30, quand on a quitté le parc de la Cartoucherie pour aller faire quelques courses – des barres multivitaminées pour toi, entre autres –, je pensais encore y revenir en attendant le rendez-vous chez le dentiste. Mais Hortense a fait un caprice. Elle a réclamé une petite figurine de Blanche-Neige et je lui ai demandé de cesser. Elle en a reparlé assez rapidement, plusieurs fois, en boucle, pour son anniversaire ou pour Noël prochain, ou pour la récompenser si elle arrêtait de sucer son pouce. J'étais totalement silencieuse alors elle a râlé pour retourner au parc immédiatement et ne pas faire des courses. En chemin, sans prévenir, j'ai fait demi-tour. Elle a demandé « Mais maman où tu vas ? ». Elle m'a suivie. J'ai ouvert la voiture et je n'ai répondu à aucune question. Mais pourquoi on s'en va ? Où on va ? Et le dentiste, maman ? Et le parc on n'y retournera pas ? J'ai démarré. Hortense a continué à poser des questions et j'ai continué à ne répondre à aucune. Si elle en posait encore, c'est qu'elle ne me craignait pas tant que ça. Je n'ai pas dit où nous allions parce que moi-même je ne le savais pas. J'avais imaginé rentrer à la maison mais avec les chiens dans ma gorge, je sentais bien que j'avais besoin d'une plus longue distance. Il fallait que je me défoule. Je n'avais aucune idée de ma destination, mais j'étais encore sûre qu'on reviendrait à Omble pour le dentiste. Je voulais juste qu'elle se taise, au moins le temps de ne pas lui donner de réponse. J'ai bifurqué avant la maison, j'ai garé la voiture sur le parking des Randonneurs. Je suis descendue. Et j'ai marché. Pour revenir à moi quand j'étais folle de rage, il n'y avait que marcher. Hortense m'a suivie sur quelques mètres avant de se remettre à pleurer, à parler du parc, à dire que la pente était trop raide, qu'elle était trop petite pour marcher aussi vite que moi, alors j'ai fait demi-tour, je me suis accroupie, et les chiens ont parlé. Elle a cessé de se plaindre, pris ma main, marché. Ensuite, elle l'a serrée, du plus fort qu'elle pouvait, ses petits ongles dans ma peau. J'avais envie de courir au sommet et de faire le tour des cols. « Tu veux me faire mal ? » j'ai demandé, et Hortense a dit oui, puis voyant mes yeux, elle a marmonné non, ou non maman. Je me suis accroupie en face d'elle, à nouveau, je l'ai prise par les épaules, et je l'ai poussée des deux mains. Elle a fait un bon de deux mètres en arrière et sa tête a heurté un rocher.

La police va venir, a hoqueté Hélène Vannier, avant de reculer encore. J'ai répondu que ce serait la gendarmerie.

Hortense n'a plus bougé. Je l'ai portée jusqu'à la voiture mais, arrivée en bas, elle était déjà froide. Ses yeux étaient fixes, sa bouche ouverte. J'ai repris le chemin vers les sommets, elle dans les bras. J'ai pensé que la cime des montagnes était notre dernière chance, son oxygène pur. Je lui ai parlé des gisants. J'ai promis qu'un jour nous serions tous des corps de marbre. Achète la tombe s'il te plaît. Fais quelque chose.

Hélène Vannier a disparu. Je ne l'entends plus, je ne la vois plus devant la porte. Elle a dû quitter la maison. Je regarde tout autour de moi. Je ne vais pas attendre les sirènes pour me lever. Je rentre chez moi. Je dépose ma lettre sur le bureau de Carl. Je ressors après un détour par la cuisine et Athos me suit. Très vite, je me retrouve dans la forêt. Quelquefois, je sens qu'Athos n'est plus derrière moi. Je siffle pour qu'il accélère. Je passe devant le cimetière, je vois notre tombe à nouveau recouverte de neige mais je n'ai pas le temps de m'y attarder, j'entends des chiens dans mon dos. Je monte sur le chemin des randonneurs. Sans chaussures de neige, jusqu'au rocher rond. Je m'accroupis devant l'arbre creux. Longtemps après, Athos me rejoint. Il est tout seul. Je lui dis « Creuse », mais il ne peut pas. Son dos est raide. Il pose sa tête sur mon pied. On attend près du trou. On a été heureux avec Carl, en montagne. On avait le même sentiment de présence et de disparition.

Tu as raison, la montagne allège. Hortense pesait de moins en moins lourd. À la fin de mon ascension, en arrivant sur le pierrier, elle n'était déjà plus qu'une âme. Suite à des mouvements de terrain, des rochers avaient roulé. J'ai jeté Hortense dans un trou, juste à côté de l'arbre creux. Je l'ai recouverte de pierres. Des petites d'abord, puis des grosses, comme des rochers. J'ai laissé un trou, comme une cheminée dans les tourtes, pour qu'elle ait de l'air.

Je glisse ma main par le trou, puis mon bras. Comme d'habitude, la petite main chaude retrouve aussitôt la mienne et la serre. Le pouce est mouillé. On va encore pouvoir acheter mille cadeaux pour arrêter de le sucer. Je chante « ploum-ploum ».

Demain, Michel Florent écrira que la mère de la petite Hortense et son chien ont été retrouvés, lui mort d'épuisement, elle morte de froid, dans une zone peu fréquentée, vers le pierrier des Rousses, près d'un tronc d'arbre mort et creux. Il écrira que la mère, dans un dernier élan de vie, a tenté de se réchauffer en plongeant son bras dans les cailloux mais qu'hélas le froid de nos contrées empêche toute résurrection. Personne ne pensera à creuser. On mentionnera, certes, une petite crise de folie avant le drame, mais les Vannier témoigneront en ma faveur. Ils déclareront que je n'étais qu'une femme terminée, une mère désespérée par la disparition de son enfant. Adrienne prendra Carl par l'épaule. Ils ne trouveront à la maison ni explication ni lettre parce que Carl ne la montrera jamais ; à personne. Il couvrira tout ce qu'il n'a pas couvert avant, mon corps, mes épaules, mon esprit. Ils observeront que je me suis délitée durant les dernières semaines. Au point de me couper les cheveux toute seule et de maigrir d'une dizaine de kilos. Je suis devenue un petit homme sec. Athos respire déjà plus bas. Il a dû lire la lettre pour Carl.

Quand j'ai redescendu le pierrier, j'ai emporté avec moi une petite chaussure en poulain vert. J'ai retiré le lacet et j'ai lancé la chaussure par la fenêtre en reprenant la voiture pour rouler vers Omble. Je suis retournée me garer devant le parc de la Cartoucherie. Je me suis assise sur un banc et j'ai regardé l'araignée, certaine de reprendre la journée là où on l'avait laissée. Je suis descendue au bac à sable. Un petit garçon au bonnet péruvien jouait. J'ai fermé les yeux pour lâcher le bonnet et faire un cache-cache. Quand je les ai rouverts, Hortense avait disparu. J'ai crié son nom, deux mères sont venues me porter secours, le petit garçon a témoigné. Il a parlé avec la ferveur qu'on exige des enfants de moins de sept ans, celle de l'imagination. Les gendarmes, depuis, recherchent le petit homme sec. C'était toi, au fond, le petit homme sec, et je le suis devenue. Dans les couples, on finit par se ressembler. Tout ce qui reste, c'est un gâteau en forme de cœur aux anniversaires. Un gâteau qu'on ne mange pas tellement il fait mal à regarder. Un écrin parfois, qu'on offre et qu'on ouvre en espérant qu'il fasse renaître l'amour mais qui contient seulement la vérité d'une boîte noire, des chiffres, des dates, des souvenirs, une histoire avec un début et une fin.

Cette nuit, Michel Florent écrira son papier : *Les Rousses sont une nouvelle fois le théâtre d'un drame. Le corps de la mère de la petite Hortense, enlevée le 23 janvier 2008 au parc de la Cartoucherie d'Omble, a été retrouvé gelé dans une zone peu fréquentée des Rousses. « Je n'ai pas su les protéger » sont les mots prononcés par Carl, le père que nous connaissons tous pour son intense mobilisation, quand l'homme a découvert la dépouille de sa femme au milieu du pierrier. Il s'est effondré, les mains devant les yeux. Dans la poche de la mère, on a trouvé un sac en plastique contenant un glaçon. Son mari a reconnu le bonhomme de neige fait par la petite Hortense, et que la mère gardait comme un trésor dans son congélateur. Il promet de se relever pour continuer le combat. Les recherches vont se poursuivre, l'enquête ne doit jamais cesser, pour l'amour d'Hortense, pour l'amour de sa femme. Tout le village est présent à ses côtés. Une marche blanche sera organisée dimanche prochain en mémoire de la mère et de la fille. La laiterie locale a fait savoir qu'elle repartait sur la production de briques portant les deux photos d'Hortense, son portrait à quatre ans et son portrait vieilli. Une cagnotte est organisée à la Poste pour soutenir financièrement les recherches. L'apéritif atelier-lecture de jeudi prochain à la médiathèque sera consacré à l'amour maternel.*

Mon mari sera une veuve parfaite.

Carl, mon Carl, un jour, tu m'as dit que s'il arrivait quelque chose à notre fille, je deviendrais folle. Je venais de t'expliquer que j'avais peur de toi, que je dépendrais de toi si une telle chose nous arrivait, et que tu préférerais sans doute tes tours à vélo et tes randonnées solitaires à notre chagrin commun. J'ai dit qu'à deux, on s'en sortirait toujours. Je voulais lire la même chose dans tes yeux. Mais je n'ai vu que du blanc, et tu as insisté, quand même, tu pensais vraiment que je ne ferais pas face et que je refuserais ton aide. Véro t'invitera certainement à ouvrir la soirée lecture donnée en mon souvenir. Inès te dira que tu ne peux pas refuser. Et tu iras. Tu pourras même y aller à vélo. Dans nos contrées, parfois, le soleil réapparaît juste avant l'été. L'éditeur passera une tête. Lui ou un autre fainéant avide de faits divers pour nourrir son programme. Il t'apportera le début des pages pour te convaincre d'écrire la suite du livre. Il aura souligné en rouge, rouge couleur d'espoir, le passage qui nous décrit le mieux : « à Venise, on ne s'est pas donné la main. Carl, parce qu'il trouvait grotesque les effusions publiques. Moi, parce que Hortense, dans mon ventre, réclamait toujours ma main sur elle. J'aurais pu en donner une à chacun, mais Carl avait besoin des deux siennes pour tenir la carte et indiquer, le regard toujours au-delà de nous, la direction à suivre ».

Je reprends ta main, je l'embrasse, comme le jour de notre premier baiser. Tu n'oses pas me dire tu, je te dis vous. On a trop froid dehors, on rentre. On dit qu'un jour on aura une maison confortable, bien isolée. Une cabane dans le Mercantour. Un chalet dans les alpages. On hésite entre les vallées. On dit des mots d'amour,

Oisans, Queyras, Écrins, Estenc. On sait qu'on s'aimera toujours. Si on se perd, si on se fâche, on se donne une adresse pour se retrouver. On évoque les intempéries. Et on rit parce qu'on vient de parler de la météo, comme deux personnes qui n'auront bientôt plus rien à se dire. Alors on s'embrasse encore.

Composition : I.G.S.-Charente-Photogravure.
Achevé d'imprimer
sur Roto-Page
par l'Imprimerie Floch
à Mayenne, en décembre 2019.
Dépôt légal : décembre 2019.
Numéro d'imprimeur : 95348.
ISBN 978-2-07-284043-2 / Imprimé en France.

347592